1

LOUIS LAFORCE

# Mam'zelle Lili-Rose

- DU SOLEIL PLEIN LES LUNETTES -

Kennes
Éditeur
de coups de cœur

**Retrouvez-nous sur www.kenneseditions.com**
Rejoignez-nous sur notre page Facebook : www.facebook.com/KennesEditions
Suivez-nous sur notre compte Instagram : kenneseditions



Publié avec les autorisations des Éditions Andara inc.,
Québec, Canada

Auteure : Louis Laforce
Illustration de la couverture : Nicola Di Lauro
Illustrations intérieures : Adobe Stock
Graphisme : Julie Deschênes


Rue de la Blanche Borne 15
6280 Gerpinnes (Loverval) – Belgique

Légère adaptation : Anaïs Herbage

Dépôt légal : mai 2021 — D/2021/13.105/89

ISBN : 978-2-3807-5422-3
NUART : 59-1756-0

Imprimé en Europe

*Pour Juliette*

*'Ohana signifie la famille.*

*« La famille signifie que personne n'est abandonné ni oublié. »*

Cette histoire se déroule à la fin des années 1990. Une époque pas si lointaine et pourtant très différente de la nôtre : on ne s'y prenait pas en selfie et on ne textait pas ses amis à toute heure. Pour entendre sa chanson préférée, il fallait soit acheter l'album complet chez un disquaire, soit en faire la demande à une station de radio.

Pour mieux comprendre cette décennie préhistorique dans laquelle évolue Lili-Rose, certaines expressions te sont expliquées dans un lexique à la fin du roman. Tu les reconnaîtras par leur **police de caractères différente**.

PREMIÈRE PARTIE

# Montréal

# Chapitre 1

## DIMANCHE 21 DÉCEMBRE 1997

NOMBRE DE JOURS SANS AMOUREUX :

1

TEMPÉRATURE EXTÉRIEURE :

–8 °C, avec un ciel nuageux
comme mon humeur

Vous ignorez tout de moi. Je m'appelle Lili-Rose Laframboise et j'ai quatorze ans. Telle que vous me voyez, roulée en boule dans mon lit, entourée des peluches qui ont bercé mon enfance et dont je n'ai jamais eu le cœur de me départir, vous pourriez penser que je ne suis qu'une ado mélodramatique, une petite geignarde, mais ce serait mal me connaître. Les jours où j'ai l'impression que ma présence sur cette planète a un sens, je suis une fille radieuse. J'incarne la joie de vivre, prétend même mon agent. Oui, j'ai un agent artistique ! Je caresse l'ambition d'être actrice au cinéma. Je me suis inscrite à des cours d'art dramatique, et cela m'a valu, jusqu'à présent, d'apparaître dans une pub de détergent. J'incarnais une joueuse de foot qui rentre à la maison tachée de gazon et de boue. C'est un début !

Aujourd'hui, je n'ai cependant rien d'un rayon de soleil. Et pour tout vous dire, je pense que je ne serai plus jamais heureuse. Le déluge du Saguenay n'est rien en comparaison du torrent de larmes que je verse depuis hier soir. J'ai même dû changer deux fois la taie de mon oreiller. C'est bien simple, je suis une biche qui pensait naïvement traverser l'autoroute et qui se retrouve tout à coup devant un camion. Oui, l'animal se fait percuter violemment. C'est comme ça que je me sens. Hier encore, j'étais rayonnante, chanceuse, enviée. En un mot: amoureuse. Aujourd'hui, à cause du poids lourd qui m'a renversée, je ne suis plus rien de ça. C'est une métaphore, bien sûr. Je n'ai pas *réellement* roulé sous les roues d'un camion. J'ai plutôt été anéantie par Maxime Gagnon-Tremblay.

Comment vous décrire mon ex? Max est un passionné de formule 1, un champion de go-kart, il connaît tout sur la mécanique automobile et n'a qu'une idole: Jacques Villeneuve. Il se lève même la nuit pour regarder avec son père des courses qui ont lieu dans d'autres fuseaux horaires. Mais bien qu'il aime la vitesse, Max n'a jamais été capable d'arriver à l'heure à un seul de nos rendez-vous.

Oh! Je sais ce que vous pensez: je ne suis pas la première ni la dernière qui se fait larguer par son copain. Peut-être bien, mais moi, c'est la première fois que ça m'arrive. Je n'avais jamais eu d'amoureux avant Maxime. Et je l'aimais vraiment ! J'imaginais que notre couple durerait toujours. Nous irions ensemble à l'université, puis nous emménagerions dans un appartement sympa. Je planifiais même notre mariage, qui aurait lieu derrière la jolie maison de pierres que nous aurions fait bâtir sur le bord d'une rivière. Pfff... Rien de tout cela ne se réalisera. Ouvrez *Le Petit Larousse* au mot « naïve », vous y verrez ma photo.

Du bas de l'escalier, mon père me crie que le déjeuner est servi. Je m'en moque, je n'ai pas faim, et c'est d'ailleurs ce que je lui réponds. Il rétorque que j'aurais intérêt à demeurer polie si je ne veux pas qu'il me confisque mon argent de poche. C'est sa menace préférée. Il sait que j'adore m'acheter des vêtements, et ce n'est pas en gardant les petits voisins (à un salaire de deux dollars l'heure !)

ou en faisant de la figuration à la télé (une fois par année) que j'arriverai à me payer tout ce qui me fait envie. Qu'à cela ne tienne, je ne veux voir personne, je ne descends pas.

En début d'après-midi, maman me monte un sandwich aux tomates avec deux belles tranches de fromage orange. Du fromage en plastique, comme elle dit. Après avoir déposé l'assiette sur ma commode, elle me lance un coup d'œil, puis ressort sans dire un mot. Bien qu'elle soit prof, ma mère pourrait se recycler comme psychanalyste. Elle aime tellement me comparer aux filles de ses collègues et me conter sa propre adolescence, parsemée de doutes et d'erreurs... Heureusement, elle sait aussi deviner quand je n'ai pas envie de parler.

Dans mon poing serré, je tiens une carte chiffonnée. Il s'agit de l'une de ces stupides cartes de vœux qu'on trouve dans n'importe quelle boutique.

Un chiot aux yeux suppliants l'illustre, et à l'intérieur sont imprimés les mots « Je m'excuse ». Maxime a ajouté :

Je ne t'aime plus,
mais on peut rester amis.
Max

Pas d'explication ni de remise en question, c'est fini, un point c'est tout. Nous sortions d'une représentation du film *Titanic* au cinéma Le Parisien quand il me l'a remise. Ça fait déjà quelques jours que ce film est à l'affiche et j'avais hâte de le voir. Les médias nous parlent depuis des mois de cette histoire d'amour dotée d'un budget aussi spectaculaire que ses effets spéciaux. Ça n'a pourtant pas été facile de persuader Maxime de m'y accompagner.

# Chapitre 1

— Trop guimauve à mon goût, me répétait-il.

— Moi, je tiens à voir ce film avec mon amoureux !

— Tu sais bien que je préfère les explosions et les bagarres à mains nues.

Je ne voulais rien entendre d'y aller avec des copines, je relançais Max jour et nuit. De guerre lasse, il a fini par accepter de m'accompagner, en posant toutefois une condition : que nous allions voir le film en français, même s'il sait que je préfère toujours entendre les voix originales des acteurs. J'ai cédé sur ce point, trop heureuse de passer une soirée romantique en sa compagnie. Je n'ai pas été déçue. Le pop-corn était délicieux, et le film, captivant. J'ai visionné la dernière demi-heure la tête posée sur l'épaule de mon amoureux, les yeux débordants de larmes et le cœur serré. Faut-il être sans génie pour croire un navire insubmersible !

En sortant du cinéma, rue Sainte-Catherine, nous nous sommes dirigés vers le métro. J'avançais lentement, indifférente à la température hivernale, encore chamboulée par la scène où Leonardo DiCaprio se sacrifie en s'abandonnant aux eaux glacées. Je me demandais si Max en aurait fait autant pour moi et, à ce moment, j'aurais juré que oui.

C'est alors que mon amoureux a tiré d'une poche de son anorak une enveloppe blanche sur laquelle il avait tracé mon prénom. Il me l'a tendue sans un mot. J'ai retiré mes gants pour la décacheter. Je pensais trouver une invitation pour une fête de Noël, ou quelque chose du genre, en tout cas son geste me paraissait romantique. Il m'a fallu relire trois fois les mots manuscrits pour en comprendre le sens. Quand j'ai relevé les yeux, Maxime avait disparu. Il m'avait plantée là, au beau milieu de l'hiver. Des larmes se sont cristallisées au coin de mes yeux. J'ai remis mes gants et enfoui le chiot piteux dans la poche de mon manteau. J'ignore comment je suis rentrée chez moi, je n'en garde aucun souvenir. Je me rappelle seulement m'être écroulée sur mon lit et avoir pleuré toute la nuit.

Depuis, je refuse de quitter ma chambre. J'ai si peu dormi que les cernes sous mes yeux me donnent l'air du chien carlin sur la carte de Maxime. J'aimerais que Max m'explique ce qui n'allait pas. Il y a quelques jours encore, il me susurrait des mots d'amour, et voilà que, du jour au lendemain, il me rejette comme une vieille chaussette malodorante. Je rumine dans mon lit, analysant dans les moindres détails nos récentes conversations, en quête d'un sens caché derrière les mots que nous avons échangés. N'en trouvant pas, j'en viens à la conclusion que ce qui arrive est ma faute. Je suis par moments assez excessive, et j'ai tendance à me lancer dans de multiples projets que je ne mène pas toujours à terme. Peut-être Max me trouvait-il trop passionnée ? Trop rêveuse ? Peut-être aussi qu'il m'estimait trop riche ? Après tout, sa famille n'est pas aussi fortunée que la mienne, c'est toujours moi qui payais le resto ou le cinéma. Cela lui donnait peut-être des complexes...

En tout cas, je n'ai rien vu venir. Cela faisait six mois que nous étions ensemble ! À notre âge, c'est presque l'éternité ! La plupart de mes amies ne supportent leur petit ami que deux ou trois semaines avant de passer à autre chose. Max, lui, disait que nous étions faits l'un pour l'autre. Il aimait répéter que nous étions comme deux aventuriers montés à bord d'une Corvette rouge (avec le toit ouvrant, la voiture de ses rêves). Il me disait qu'ensemble, nous étions engagés sur l'autoroute de la vie. Je le croyais sincère jusqu'à ce qu'il fasse demi-tour, me laissant seule sur le bas-côté. En amour, les retournements de situation devraient être interdits.

J'aime dresser des palmarès de toutes sortes, en particulier en période de stress émotif. Je note ces listes dans mon calepin à l'effigie des Backstreet Boys, que protège un petit cadenas. La dernière entrée est une liste de mes meilleures amies.

**PALMARÈS**
**DE MES MEILLEURES AMIES**

1. Rosalie
2. Justine
3. Amélie
4. Marianne
5. Maman

C'est un instantané, une photographie du moment, susceptible de changer au gré de mes humeurs. Avant-hier, Marianne a osé porter le même débardeur que moi au cours d'éducation physique. Je ne lui ai pas adressé la parole du reste de la journée. Si j'avais établi mon palmarès à ce moment-là, la chipie en aurait été exclue. J'ignore qui l'aurait remplacée. Je connais plein de gens, mais je n'ai qu'une poignée d'authentiques amies. Et même si elle aime me psychanalyser, ma mère en fait partie. Elle dit qu'une véritable amie, ce n'est pas quelqu'un qui nous côtoie seulement les jours de fête, mais plutôt une personne qui est aussi présente à nos côtés lorsqu'on va moins bien. Ma grand-mère aurait pu s'immiscer dans ce panthéon. Avec l'âge, mamie est devenue pratiquement sourde, et elle habite maintenant une résidence pour aînés partageant sa condition. Sa voisine de chambre est aussi dure d'oreille qu'elle, et comme aucune des deux n'a appris le langage des signes, je trouve assez rigolo de les écouter discuter. L'une commence une phrase, l'autre enchaîne sur un tout autre sujet, et toutes deux hochent la tête de temps en temps pour marquer leur approbation. Il n'y a pas de pièce de théâtre plus amusante !

Bref, aucun risque avec mamie : je peux lui confier tous mes problèmes sans crainte qu'elle me juge ou qu'elle rapporte mes propos à mes parents. Et parfois, c'est vraiment de ça que j'ai besoin : extérioriser ce que je vis.

C'est un peu pour ça d'ailleurs que j'ai entrepris d'écrire cette histoire.

# Chapitre 2

## ENCORE DIMANCHE 21 DÉCEMBRE 1997

NOMBRE DE JOURS SANS AMOUREUX :

du pareil au même

TEMPÉRATURE EXTÉRIEURE :

–7 °C

Papa est parti au centre commercial avec Benjamin. Mon frère de dix ans a besoin d'un nouveau gant de baseball, et il semblerait que les soldes d'avant Noël soient un bon moment pour acheter de l'équipement estival. Ben ambitionne de jouer un jour pour les Expos. Bonne chance ! On compte sur les doigts d'une main le nombre de Québécois qui ont porté leur uniforme.

Profitant de ce que maman est sous la douche, je descends au salon, en quête du téléphone sans fil. Il n'est pas sur son socle. Farfouillant à gauche et à droite, je le trouve finalement sur le comptoir de la cuisine, à moitié déchargé. J'explore le frigo, mais n'y trouve rien d'intéressant. Mes parents n'achètent que des trucs sans sucre et sans gras. Je me contente d'une pomme et d'un morceau de fromage suisse.

Assise sur mon lit, j'observe le téléphone posé devant moi sans oser y toucher. J'hésite à appeler Maxime. Je n'ai pas envie d'éclater en sanglots en entendant sa voix. Je ne voudrais surtout pas avoir l'air désespérée. Mais si j'attends que Max fasse les premiers pas, j'aurai des cheveux blancs : il déteste parler au téléphone, alors que moi, je peux y passer des heures.

Je jette un regard à la ronde, en quête d'inspiration. Sur un mur de ma chambre, j'ai collé la photo d'une plongeuse québécoise qui a gagné une médaille de bronze aux Jeux olympiques d'Atlanta. J'aimerais avoir sa grâce, mais je ne me fais pas d'illusions, je ne deviendrai jamais championne en allant à la piscine municipale une fois par mois.

J'ai aussi collé une affiche des Spice Girls. Les chanteuses britanniques semblent me dire : *Go, girl ! Dream your life ! Live your dreams*[1] *!* Moi, j'aimerais bien, mais le garçon avec qui je voulais partager mes rêves a foutu le camp. Si j'étais aussi audacieuse que ces chanteuses, j'irais trouver Max et, devant ses amis, sans hésiter ni bafouiller, je le traiterais de salaud, de sans-cœur, d'hypocrite, de manipulateur… Mais je n'ai pas ce courage. J'imagine les regards que les autres élèves ne manqueraient pas de me décocher. Combien savent déjà que nous avons rompu ? Comment vont-ils réagir ? Quelques-uns se montreront peut-être empathiques, la plupart se

1) Vas-y, fille ! Rêve ta vie ! Vis tes rêves !

moqueront probablement de moi, la fille qui croyait au grand amour et qui pensait son destin tracé dans les étoiles. Le retour sur Terre est brutal. Terminus, tout le monde descend. Heureusement, c'est le début des vacances, je n'ai pas besoin d'affronter le jugement des autres avant janvier.

Après avoir repoussé l'inévitable, je finis par composer le numéro de Maxime. Mon cœur rate un battement à chaque sonnerie. Au bout de quatre, je raccroche. Max est sans doute sorti avec ses parents, ils vont parfois prendre le petit-déjeuner en famille le dimanche. Et si je lui laissais un message ? Pas un monologue larmoyant d'une demi-heure, quelque chose de sobre : *Comment ça va ? Rappelle-moi, je m'ennuie. La vie est nulle sans toi.* Ce genre de banalités. Max serait obligé de me rappeler, non ? Surtout si sa mère entend le message. Elle est du genre tenace, je parie qu'elle le relancerait jusqu'à ce qu'il s'exécute. Pour être certaine de ne pas m'emmêler dans mes mots, je compose d'avance quelques phrases que je tiens à lui dire, puis j'appuie sur la touche de recomposition automatique – vive la technologie !

Je reste stupéfaite quand la voix de Max résonne après une seule sonnerie.

– Allô ? Steffi, c'est toi ?

– ...

– *Sweetie?*

– ...

– Allô ?

Le combiné glisse de ma main, roule sur l'édredon et termine sa chute sur mes pantoufles en poil rose. Il n'y a qu'une seule Steffi à l'école, une Française qui a l'air de Claire Danes. Elle s'assoit toujours au fond de la classe, fait semblant de ne rien comprendre à notre accent, puis glousse stupidement quand un garçon propose de l'aider. Ceux qui se laissent prendre dans sa toile finissent par faire tous ses devoirs à sa place. Je les trouve pathétiques.

Même Max s'est laissé charmer par le chant de cette sirène, peu de temps avant que nous commencions à sortir ensemble. Est-ce qu'il l'appelait déjà «*Sweetie*»? À moins que… M'aurait-il larguée pour reprendre avec elle? Non, c'est impossible… Et pourtant… Il faut que j'en aie le cœur net.

J'allume l'ordinateur que mes parents viennent de m'offrir pour mon anniversaire. J'ai prétendu que c'était pour faire mes devoirs, mais bien entendu, je m'en sers pour tout sauf pour ça. Mes parents ne me posent jamais de questions. Ils ne sont pas très branchés, technologiquement parlant. C'est sans doute pour ça qu'ils ont accepté que j'installe cette quincaillerie dans ma chambre. Il a fallu acheter un meuble pour supporter le processeur, l'écran, l'imprimante, le clavier, la souris, sans parler des consoles de son et des boîtiers pour ranger les CD-ROM sur lesquels Max a gravé quelques jeux de course – auxquels je n'ai évidemment jamais touché.

Papa est violoncelliste dans un orchestre spécialisé dans les musiques de film. C'est de lui que je tiens ma passion pour le septième art. Il enseigne aussi la musique dans une école privée. Ma mère est prof de français dans une école de Laval que j'ai le bonheur de ne pas fréquenter. Il ne manquerait plus que ça, avoir ma mère comme enseignante ! Déjà qu'elle me fait la leçon à la maison… Papa adore la musique, il ne vit que pour ça, mais je ne pense pas que maman aime beaucoup son travail, car ses cheveux blanchissent à chaque rentrée scolaire. Sa grande passion, c'est l'écriture de contes fantastiques pour public averti, des histoires de loups-garous et de vampires avec du sang et du sexe, le genre de récits qu'elle m'interdit de lire. J'ai feuilleté ses bouquins en cachette et, franchement, ce n'est pas aussi choquant qu'elle le prétend.

Je me branche sur un site de discussion et y repère mes amies Marianne et Amélie. Je me demande si l'une d'elles en saurait plus sur cette Steffi. Alors que je m'apprête à m'immiscer dans leur conversation, une autre fille entre dans la discussion. *AnneSoBest* est le pseudo que s'est donné Anne-Sophie, la commère de l'école. Le genre de girouette qui semble copine avec tout le monde, mais qui ne garde aucun secret pour elle et fait circuler toutes sortes de rumeurs, parfois vraies, parfois fausses. Maman prétend qu'Anne-Sophie est malheureuse, qu'elle comble un vide dans sa vie en se nourrissant des histoires des autres. (Je vous l'avais dit que ma mère aime psychanalyser les gens.) Malgré tous ses défauts, Anne-Sophie demeure une précieuse source d'information.

**Lili777 :**
Salut, So, c'est Lili-Rose.

**AnneSoBest :**
Ça va ?

**Lili777 :**
Bof, je n'ai rien à faire en attendant le réveillon.

**AnneSoBest :**
Moi, je vais patiner tout à l'heure avec Ricky2Martin et BazukaJoe, tu pourrais venir nous retrouver si ça te tente.

C'est quoi, cette invitation à la noix ? Je n'ai jamais partagé d'activité avec elle, encore moins avec les deux gars qui se cachent derrière ces pseudonymes débiles. Aurait-elle envie de me « matcher » avec l'un d'eux ? Serait-elle déjà au courant de ma rupture ?

C'est évident, elle va à la pêche aux potins. Si je veux découvrir ce que mon ex complote, je n'ai pas le choix de jouer franc-jeu. De toute façon, tout finit par se savoir.

# Chapitre 2

**Lili777 :**
Que sais-tu de Steffi ?

**AnneSoBest :**
Elle a un rire de hyène. Et elle ressemble à cette actrice dont j'oublie le nom…

**Lili777 :**
Claire Danes. Tu sais avec qui elle sort, ces temps-ci ? Steffi, je veux dire.

Ces simples mots suffisent à enflammer Anne-Sophie. Les amourettes de la Française s'affichent sur mon écran à toute vitesse, comme si ma correspondante tapait avec quatre mains.

**AnneSoBest :**
Elle a été un mois avec Carl, le rouquin qui joue au football américain, puis on l'a vue embrasser Benji au cours de la fête chez Sébastien Lachance, en août dernier. Ensuite, elle a passé du temps au bras de David, le nerd boutonneux. Je n'ai jamais compris ce qu'elle lui trouvait. Peut-être qu'elle s'était donné comme défi de le décoincer. Ensuite, Steffi serait sortie deux jours avec Andy...

Je la laisse déblatérer sans oser l'interrompre, me doutant qu'elle finira par dévoiler l'information qui m'intéresse. C'est alors qu'une troisième personne se joint à notre conversation.

# Chapitre 2

**MarieChaton :**
Quoi de neuf ?

**Lili777 :**
Salut, Marianne, je ne t'avais pas vue...

**AnneSoBest :**
... puis elle est aussi sortie brièvement avec Dave, le gars qui travaille au club vidéo de la rue Saint-Hubert. D'après moi, elle voulait juste lui emprunter des films gratuitement.

**Lili777 :**
On rédige le CV de Steffi.

**MarieChaton :**
Oh... elle...

**AnneSoBest :**
... Et finalement, il paraît que depuis peu, elle a repris avec... euh... le garçon qui l'a laissée il y a six mois.

Anne-Sophie n'ose pas écrire son nom, mais je me doute bien de qui il s'agit. Mes pires craintes sont confirmées. Je reste bouche bée.

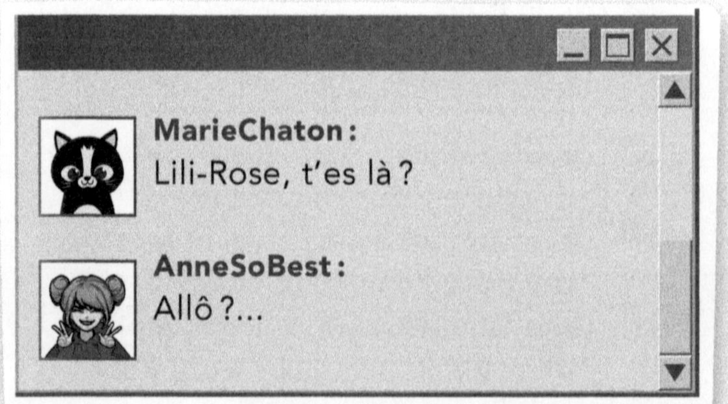


D'un geste rageur, j'éteins mon ordi et m'effondre sur mon lit. Il me faudra bientôt une nouvelle taie d'oreiller.

# Chapitre 2

## COMMENT J'AIMERAIS ME VENGER DE MAXIME GAGNON-TREMBLAY

1. Embrasser devant lui le capitaine de l'équipe de football américain, même s'il n'est pas beau (en fait justement parce qu'il est moins beau que Max).
2. Faire croire à toutes les filles qu'au fond c'est moi qui l'ai laissé, après avoir découvert qu'il est homo.
3. L'appeler en pleine nuit en empruntant une voix d'outre-tombe pour lui annoncer sa mort imminente.
4. Me glisser dans le bureau du directeur, allumer l'interphone et annoncer à toute l'école : « Maxime Gagnon-Tremblay a un tout petit pénis ! »
5. Faire croire à Maxime que Jacques Villeneuve prend une retraite anticipée afin de se lancer dans une carrière de chanteur.

# Chapitre 3

## MARDI 23 DÉCEMBRE 1997

NOMBRE DE JOURS SANS AMOUREUX :

3

TEMPÉRATURE EXTÉRIEURE :

-13 °C

Dehors, il neige abondamment. Je passe le plus clair de mon temps dans ma chambre à noircir les pages de mon journal intime tout en accumulant une montagne de mouchoirs souillés au pied de mon lit. Ce matin, maman m'a apporté un grand bol de chocolat chaud dans lequel flottaient des guimauves multicolores. Elle sait comment me remonter le moral. Enfouie sous l'édredon, je faisais semblant de dormir quand elle s'est assise près de moi et s'est mise à caresser doucement mon dos.

— Justine est passée, je lui ai dit que tu ne voulais voir personne. Quand tu auras envie de parler de ce qui te chagrine...

— Je n'ai rien à dire. Je n'éprouve plus rien.

— Je comprends.

Je sors la tête de sous mon oreiller. J'ai les yeux rougis et de la morve collée sous le nez.

— Non, tu ne saisis pas ! Même moi, je ne comprends pas ce qui m'arrive ! Je n'arrive pas à décider ce qui fait le plus mal : être laissée sans avoir la chance de m'expliquer ou apprendre que Max a recommencé à voir cette garce de Steffi !

— Les nuages gris finissent toujours par s'éclipser, et lorsque le beau temps revient...

— Ah, tais-toi ! Je le savais que tu me parlerais en paraboles !

— Ton père s'inquiète, lui aussi.

— Ça m'étonnerait. En tout cas, il ne le montre pas.

— Il comprend bien la musique qui touche les cœurs, mais il n'est pas aussi doué quand vient le moment d'exprimer ses émotions avec des mots. Il faut que tu l'aides un peu.

Si elle savait combien je me fous de ce que peut éprouver mon père... C'est de *moi* qu'il est question ! Je ronchonne :

— Personne n'a souffert autant que moi dans toute l'histoire de l'humanité, j'en suis certaine. À quoi ça sert de vivre, dis-le-moi ? Un monde sans Max n'est pas intéressant.

— Moi, je trouve ce monde fascinant, car TU es dedans.

Je ne sais pas quoi répliquer. Maman commence à me coiffer doucement.

— Tu souffres, ma chérie, parce que tu l'aimais. C'est en perdant ce qu'on aime qu'on réalise le prix qu'on y attachait.

# Chapitre 3

Je renifle avec énergie, ne sachant trop si elle me cite *Le Petit Prince* de Saint-Exupéry ou si elle me parle d'une situation qu'elle a vécue. Je contemple ma mère avec un intérêt renouvelé. Des pattes-d'oie se sont formées au coin de ses yeux, et elle ne fait aucun effort pour masquer ses mèches blanches, mais elle est encore jolie.

— Je voudrais juste comprendre POURQUOI il ne m'aime plus. Parce qu'il prétendait m'aimer, ça, je ne l'ai pas rêvé !

Plutôt que de me répondre, maman se met à chanter tout bas un air que je ne connais pas.

*— J'ai beau me dire qu'il faut du temps… J'ai beau l'écrire, si noir sur blanc… Quoi que je fasse, où que*

*je sois, rien ne t'efface,*
*je pense à toi...*

Je suis frappée par ces paroles. Elles traduisent bien ce que je ressens. Maman continue de fredonner.

*— J'ai beau me dire que c'est comme ça... Que sans vieillir, on n'oublie pas... Quoi que je fasse, où que je sois, rien ne t'efface, je pense à toi... Et quoi que j'apprenne, je ne sais pas, pourquoi je saigne et pas toi...*

Maman me sourit tendrement.

*— Jean-Jacques Goldman est mon auteur-compositeur préféré.*

Je me blottis dans ses bras et la serre très fort. Comme si sa chanson avait ouvert des écluses, des torrents de mots sortent de ma bouche. Je lui confie tout ce que je rumine depuis deux jours, que Maxime n'était pas parfait, mais que j'aimais partager avec lui des petites choses simples, comme regarder un film collée contre lui, faire une balade à vélo sur le mont Royal, flâner au parc les soirs d'été, nous étendre dans le gazon pour contempler les étoiles. Ce que nous préférions, c'était observer les gens et tenter de deviner leur vie. Le métro nous offrait un véritable kaléidoscope de la société. Nous pouvions y croiser des hommes d'affaires aussi bien que des femmes portant des bambins dans leurs bras. Nous regardions avec fascination les travailleurs fatigués, les punks qui se disputaient avec les skinheads, les SDF qui se parlaient tout seuls ou les personnes tout simplement pressées de rentrer chez elles. Tous ces gens se côtoyaient sans réellement interagir, comme si chacun d'eux vivait dans sa propre dimension.

Ma confidente m'écoute avec attention, sans m'interrompre. Je ne lui dis pas tout, cependant. Les disputes que Max et moi avions parfois pour des trucs sans importance, comme la manière dont il tenait sa cuillère (à pleine main comme un enfant). Ou parce qu'il ne comprenait pas mon envie de revoir toujours les mêmes films. (Peut-être que Max ne supportait pas l'idée de se taper une nouvelle fois *Titanic* ?) Nous nous disputions aussi quand ses mains devenaient trop aventureuses. Je le repoussais gentiment, car je pensais que nous avions la vie devant nous, qu'il était inutile de précipiter les choses. Il me laissait tranquille un moment, puis revenait à la charge, comme si ce qui se trouvait sous mon t-shirt lui appartenait et qu'il voulait le récupérer. Alors, je m'énervais, et lui se mettait à bouder. Il disait que je n'étais pas normale, que tout le monde le faisait. Mais moi, je n'ai jamais eu envie de faire comme tout le monde, d'être quelqu'un d'ordinaire !

# Chapitre 3

Citron de citron ! C'est sans doute pour ça que Maxime m'a quittée ! Il voulait plus de frissons, et je parie que Steffi lui en a donné. Subitement, ma peine se change en colère. C'est vraiment un salaud de première qualité.

Je redresse le menton.

— Tu sais quoi ? Je pense que Max ne m'aimait pas vraiment.

— Peut-être éprouvait-il des sentiments sincères, mais différents des tiens ?

Je n'avais pas envisagé les choses sous cet angle, mais ça ne change rien au fait que c'est un beau salaud. Maman se lève et ramasse la pile de mouchoirs à nos pieds. Avant de franchir le seuil de la chambre, elle ajoute :

— Tu ne peux pas espérer que tout le monde t'aime, tu le sais, n'est-ce pas ? Même lorsque tu seras une grande actrice, tu ne feras pas l'unanimité. D'un autre côté, tu n'es pas obligée non plus d'apprécier tous ceux qui croiseront ton chemin. Des gens te seront antipathiques dès le premier abord, d'autres deviendront rapidement tes grands complices. Je te souhaite de rencontrer quelqu'un comme ça. Quelqu'un auprès de qui la vie te paraîtra simple, qui te laissera être toi-même, sans y mettre de conditions.

Elle referme doucement la porte derrière elle, me laissant plus pensive que jamais.

# Chapitre 3

Justine revient en fin d'après-midi, et cette fois je suis contente de la recevoir. Elle a apporté une boîte de chocolats dont il ne reste bientôt plus que l'emballage. Nous parlons brièvement de ce que nous espérons recevoir pour Noël, mais la discussion bifurque très vite vers notre sujet préféré : les garçons.

— Comment savoir s'ils sont sincères quand ils prétendent nous aimer ? s'interroge mon amie.

— Ma marraine croit que les garçons de notre âge parlent à tort et à travers, que les passions qu'on vit n'ont rien à voir avec l'amour.

— Tu penses qu'ils nous disent ce qu'ils pensent qu'on veut entendre, tout simplement ?

Je hausse les épaules.

— Si je comprenais comment fonctionne le cerveau d'un garçon, j'écrirais un livre sur le sujet et je serais invitée dans tous les talk-shows.

— Tu veux que je te dise ? L'école ne fait pas son travail. On nous y apprend comment écrire et compter, mais personne ne nous enseigne comment aimer. C'est pourtant une compétence fondamentale !

— Tu as raison, on ferait moins d'erreurs. Ça fait mal de se tromper.

À ce moment, papa entre dans ma chambre sans frapper. Il porte dans ses bras une énorme pile de vêtements fraîchement pliés. Je rugis :

# Chapitre 3

— Bordel ! Pas moyen d'avoir un peu d'intimité ?

— Soigne ton langage, jeune fille, si tu ne veux pas que je coupe ton argent de poche hebdomadaire.

Chaque fois la même menace, je vous l'avais dit. Il dépose la montagne de linge sur le clavier de mon ordinateur, pensant sans doute qu'ainsi je serai obligée de le ranger. Mais il se trompe, je ne range jamais mes vêtements. Je préfère remettre au fur et à mesure ce qui vient d'être lavé. Je m'évite ainsi un labeur inutile et m'assure de ne porter que mes fringues préférées. D'une pierre, deux coups.

— Quand je suis entré, je n'ai pas pu m'empêcher d'écouter ce que vous disiez, lance papa en s'appuyant nonchalamment contre le cadre de la porte. Vous avez raison, aimer peut faire mal.

Je n'y crois pas ! Voilà qu'il s'incruste dans notre conversation ! Je parie que maman lui a dit de venir me parler. Il a mal choisi son moment.

— Le problème, poursuit-il d'un ton professoral, c'est qu'on est destinés à souffrir. Un jour, la personne qu'on aime nous quittera. Ou elle mourra. C'est une certitude. On accepte de s'investir dans une relation condamnée d'avance parce qu'il n'y a rien de plus merveilleux que d'être aimé, ne serait-ce qu'un seul instant.

Papa nous sourit, fier de sa tirade, puis s'esquive. Je pousse un long soupir.

# Chapitre 3

— Désolée, je ne sais pas ce qui lui a pris.

Justine pouffe de rire.

— Il est prof de philosophie ou de musique, ton père ?

— Il y a des jours où je me le demande.

Nous discutons encore un moment, puis je me prépare pour aller à mon cours d'art dramatique. Maman insiste pour que je respecte mon engagement malgré mon humeur maussade.

En fin de journée, l'air s'est considérablement refroidi, et je marche d'un pas pressé. Heureusement, mon cours n'est qu'à quelques coins de rue. Je souffle de la buée en tentant de lui donner des formes variées, comme les fumeurs au cinéma. Ça ne fonctionne pas. J'adore les films, mais je m'intéresse aussi au théâtre. L'an dernier, monsieur Fonseca a formé une troupe à l'école. Nous avons joué devant parents et amis *L'éventail*, de Carlo Goldoni, une pièce italienne classique dans laquelle un éventail change continuellement de mains, provoquant rires et malaises. J'avais un petit rôle, à peine cinquante lignes à déclamer, mais le texte était difficile à mémoriser, avec des mots comme *imbroglio* ou *embrouillamini*. Peu importe si notre interprétation n'a eu droit qu'à un entrefilet dans le journal du quartier, j'ai beaucoup aimé monter sur scène. C'est après cette expérience que j'ai décidé de prendre des leçons de jeu.

Cette année, monsieur Fonseca veut présenter *Roméo et Juliette*. C'est moi qui lui en ai fait la suggestion, après avoir vu le film mettant en vedette le beau Leonardo. Je pensais qu'il allait me remercier en m'offrant le rôle-titre, mais c'est mon amie Marianne qui l'a décroché. Moi, je dois me contenter d'interpréter sa dame de compagnie. Je l'avoue, ça m'a drôlement vexée, j'ai même eu l'impression de m'être fait voler, mais j'ai fini par réaliser que mon amie avait simplement offert une meilleure performance que moi en audition. Elle est douée, Marianne, son jeu paraît naturel. Tandis que moi, je besogne dur pour me mettre dans la peau d'un personnage. D'où la nécessité de suivre des cours avec madame Aubry, une actrice à la retraite. Elle a la peau plissée et des taches de vieillesse sur les mains, mais elle est encore très lucide. Madame Aubry a connu une belle carrière à l'époque où Radio-Canada et Télé-Métropole étaient les seules chaînes de télévision francophones. Quand j'ai dit à mes parents que je voulais améliorer mon jeu, je pensais fréquenter une école pour comédiens ou, à la limite, suivre des cours chapeautés par la Ville, mais maman m'a plutôt proposé cette dame dont elle avait entendu parler par une collègue de travail. J'étais plus que réticente : comment une fleur fanée pouvait-elle m'aider à éclore ?

— Commence par la rencontrer, m'a conseillé maman.

C'est ce que j'ai fait. Madame Aubry est gentille, mais très stricte. Elle vient de l'école classique, comme elle dit. En raison de son âge avancé, je la vouvoie, et elle fait de même avec moi.

Les leçons se tiennent dans son appartement, boulevard Saint-Michel. La première fois que je me suis présentée devant l'immeuble décrépit, j'ai eu envie de rebrousser chemin. Les marches recouvertes de linoléum craquaient sous mes pieds, la peinture des murs était défraîchie, et l'ampoule du plafonnier semblait grillée. En entrant dans son logement, j'ai été assaillie par des effluves puissants de soupe à l'oignon et j'ai failli prendre mes jambes à mon cou. Mais je savais qu'à la maison on me servirait un sermon interminable pour avoir baissé les bras si vite, alors je suis restée. Chaque fois que je lui rends visite, je suis frappée par la même odeur d'oignon. Je pense qu'elle en conserve des quantités industrielles dans ses armoires. Peut-être qu'elle ignore que c'est avec de l'ail qu'on chasse les vampires… Je n'ai jamais visité que deux pièces : le salon où elle me reçoit et l'étroite salle de bain attenante. Le reste de l'appartement est protégé par des portes françaises aux carreaux de verre ornés de motifs floraux. Ces portes sont continuellement fermées, peut-être pour contenir les mauvaises odeurs.

Le salon en question est aménagé comme un studio de télévision. Une lampe et une caméra sur trépied font face à un sofa rose. Il y a aussi un vieux tourne-disque. Sur une console m'attend toujours une collation « santé » : fruits séchés, noix en vrac, à l'occasion des biscuits faits maison. Pour Halloween, j'ai eu droit à du nougat. Miam !

Dès le premier cours, madame Aubry m'a prévenue que je devais apprendre la base du métier avant de rêver à autre chose. Depuis, je soigne continuellement ma posture et ma diction. Les chemises de l'archiduchesse sont archisèches, croyez-moi ! J'ai appris à exprimer différentes émotions, de la colère à la perplexité, sans jamais tomber dans la caricature. J'ai aussi poussé des cris primaux qu'on a dû entendre jusqu'à Longueuil. Mais le plus difficile a été de pleurer sur commande. Moi, dans ma grande naïveté, je pensais qu'une maquilleuse versait des gouttes dans les yeux des acteurs, mais madame Aubry affirme que les véritables artistes trouvent en eux l'émotion qui permettra un jeu sincère. J'ai donc tenté d'imaginer mes parents morts dans un accident de voiture ou mon frère noyé dans une piscine, mais en fin de compte, ce qui m'a fait verser de vraies larmes, ça a été de penser que Max me quittait. Oh ! Comme j'aimerais répéter cet exercice aujourd'hui... Ma professeure serait impressionnée par ma performance ! Mais non ! Je dois plutôt soigner ma posture, encore et encore. Madame Aubry redresse mon menton, ramène mes épaules vers l'arrière et m'intime de parler avec mon diaphragme pour que ma voix porte loin. Je ne savais même pas que j'avais ça, un diaphragme. Tandis que je m'exécute, la caméra m'enregistre. À la fin de la séance, nous visionnerons mes erreurs, et je tenterai ensuite de les corriger.

Je quitte le studio vers dix-huit heures trente, un peu plus zen qu'à mon arrivée. J'adore jouer des rôles. Durant quelques instants, je peux être n'importe qui, vivre cent vies. Je marche d'un pas leste, me rappelant que maman m'a promis pour dîner l'un de mes plats préférés : des macaronis au fromage dans une sauce onctueuse, saupoudrés de miettes de bacon. Miam !

Mais mon bonheur ne peut durer. Au coin de la rue Beaubien, sous la marquise d'un petit resto servant des frites graisseuses, j'aperçois Maxime et Steffi qui s'embrassent à en perdre haleine. Je bats rapidement en retraite, décidée à faire un détour par Repentigny si ça peut m'éviter de tomber de nouveau sur eux. Qu'est-ce qui leur prend de s'exhiber comme ça ? Max et moi, nous ne nous embrassions pas en public, c'est tout juste si nous nous tenions par la main !

Je marche en ronchonnant. Mes pas me mènent devant un commerce de disques et de cassettes en faillite. Sa vitrine est placardée d'affiches publicitaires et d'annonces de chats perdus.

# Chapitre 3

L'une des réclames attire mon attention, avec ses lettres blanches formant le mot Hollywood. Une agence de voyages organise un séjour en Californie durant la semaine de congés. Au menu, visite de deux studios de cinéma à Los Angeles, excursion à Beverly Hills pour voir les résidences de certaines stars et participation à un véritable *casting* mené par un agent professionnel. Je trépigne de joie. On dirait que cette excursion a été planifiée pour moi ! N'ayant ni papier ni crayon pour noter les informations pertinentes, j'arrache la publicité et l'emporte chez moi, partagée entre le doute et l'espoir. Est-ce que j'ai suffisamment d'expérience pour me présenter à une telle audition ? Après tout, je n'ai que quatorze ans. Je songe aussitôt à Mara Wilson. Elle n'en a que neuf, et ça ne l'a pas empêchée d'interpréter Matilda au cinéma. J'ai donc mes chances. D'un autre côté, même si je décrochais un rôle, je ne pourrais pas l'honorer. Il faut un permis pour travailler aux États-Unis, je pense. Et puis, je ne vais pas plaquer du jour au lendemain ma vie, ma famille, mes amies. En même temps, passer une audition professionnelle serait une expérience enrichissante, même si ça ne débouche sur rien de concret. Est-ce que Rosalie ou Justine accepterait de m'accompagner à Hollywood ? Est-ce que leurs parents les autoriseraient à faire ce voyage ? Et *mes* parents, me laisseraient-ils partir pour la Californie avec un sac à dos pour seul bagage ? J'en doute beaucoup. Lorsque j'arrive à la maison, je suis néanmoins résolue à leur soumettre cette idée de voyage. Je pousse la porte, loin de me douter que ma vie va bientôt basculer.

Et que ça n'aura rien à voir avec le monde du cinéma.

# Chapitre 3

## PALMARÈS DE MES FILMS D'AMOUR PRÉFÉRÉS

1. *Titanic* (malgré tout)
2. *Romeo + Juliet* (encore le beau Leonardo)
3. *My Best Friend's Wedding*
4. *Don Juan DeMarco*
5. *Pretty Woman*

(J'ai noté les titres en anglais, car je préfère les voix originales des acteurs. Heureusement qu'à Montréal, il est possible de voir un film américain sans doublage. Pour les gens qui habitent en région, Tim Allen et Arnold Schwarzenegger ont tous deux la voix du type qui fait les promos de Loto-Québec. Un peu déconcertant !)

# Chapitre 4

## MERCREDI 24 DÉCEMBRE 1997

NOMBRE DE JOURS SANS AMOUREUX :

4

TEMPÉRATURE EXTÉRIEURE :

–9 °C, mais au moins il ne neige pas

Hier soir, mes parents avaient quelque chose à nous annoncer, à mon frère et à moi. Ils avaient l'air très excités, mais nous n'avons rien su de leur bonne nouvelle tellement le dîner s'est mal déroulé. Il faut dire que j'étais plutôt grincheuse, après avoir vu Max et Steffi s'embrasser sans retenue. Et puis, l'idée que je parte en Californie, seule ou avec une amie, n'est pas passée comme une lettre à la poste, mais alors là, pas du tout. Papa ne voulait entendre aucun de mes arguments, et maman répétait inlassablement que c'était impossible, pas durant la semaine de congés. Moi, il me semble au contraire que c'est la période idéale pour voyager ! J'ai tempêté, fracassé un pot à biscuits (qu'il me faut maintenant rembourser), menacé de partir quand même en catimini et pleuré les dernières provisions de larmes qu'il me restait. Mais ça n'a rien changé. J'ai conservé la publicité, décidée à revenir à la charge un autre jour.

Comme si ce n'était pas suffisant, le téléphone a sonné alors que nos assiettes étaient à moitié pleines. C'était ma tante Mireille qui, victime d'un accident de ski alpin, prévenait qu'elle ne se joindrait pas à nous pour le réveillon. Apparemment, elle souffre d'une commotion cérébrale, et sa jambe gauche est plâtrée. Mireille est la sœur de maman et ma marraine. Elle habite Toronto et travaille pour le service des communications des Maple Leafs. Comme nous sommes tous partisans des Canadiens[2] dans ma famille, elle évoque rarement son boulot quand nous sommes avec elle. Je n'ai pas d'autre tante, oncle ni cousin. Papa est enfant unique, et Mireille n'a jamais gardé un conjoint assez longtemps pour voir en lui le père potentiel de ses enfants.

Sans amoureux ni marraine, mon Noël promettait donc d'être lugubre. Papa a passé le reste du repas à me lancer des regards compatissants. Mon frère, lui, enchaînait les blagues pathétiques pour me faire rire. Fatiguée d'être l'objet de leurs attentions, j'ai rabattu la capuche de mon pull sur ma tête. Ça n'a pas plu à ma mère. J'ai demandé qu'on me laisse dans ma bulle, le ton a monté, et j'ai finalement consenti à abaisser ma capuche. Benjamin a alors soupiré qu'il préférait que je la remette, pour lui éviter d'avoir

2) Équipe de hockey sur glace de Montréal.

à me contempler. Là, j'ai vu rouge! Ma fourchette est passée à deux centimètres de sa tête. Il a aussitôt répliqué en me lançant une poignée de macaronis en pleine figure. Le temps que mes parents interviennent, une véritable bataille de nourriture faisait rage. Il y avait des brocolis dans nos cheveux et des pâtes crémeuses partout autour de nous. Je n'ai jamais vu mon père aussi rouge de colère. Ni ma mère aussi blanche. Disons qu'après ça, ils n'avaient plus envie de nous annoncer leur grande nouvelle. Ben et moi avons tout ramassé, puis nous sommes montés dans nos chambres sans dire un mot. Ça va prendre une éternité avant que nous mangions à nouveau des macaronis au fromage.

Ce matin, je trouve mes parents déjà attablés lorsque je descends pour le petit-déjeuner. Je crains de me faire casser les oreilles à propos de ce qui est arrivé la veille, mais la tension semble retombée. Mes parents sont à nouveau de bonne humeur, ils se font même des clins d'œil et se sourient de manière énigmatique. Je trouve ça franchement troublant quand ils font ça. Ce n'est plus de leur âge.

La radio posée sur le bord de la fenêtre est allumée. En sourdine, une chanteuse à la voix langoureuse se demande si quelqu'un l'aime. J'éteins le transistor, mais maman le rallume aussitôt. Elle aime ça, elle, prendre le petit-déjeuner en écoutant de la musique. Après la publicité d'un concessionnaire automobile (cela me fait évidemment penser à Maxime), un chanteur de charme se lamente à son tour que son cœur est en miettes. On dirait que tous les auteurs-compositeurs ont des peines de cœur.

Tandis que je me sers un bol de céréales, Benjamin se pointe dans son éternel pyjama en flanelle aux couleurs de

*Star Wars*. Je devine à ses yeux collés de sommeil qu'il a peu dormi. Comme moi, il doit redouter que notre bataille de la veille nous prive de cadeaux. Je commence à manger en silence, mais je n'ai pas pris trois bouchées que maman déclare :

— Les enfants, votre père et moi, on a quelque chose à vous annoncer.

La bouche pleine de flocons de maïs, je demande :

— T'es enceinte ?

Maman secoue la tête.

— Ce serait une surprise, même pour nous !

— On déménage dans une plus grande maison, alors ? suggère Ben.

— Pas du tout.

— C'est quoi, votre bonne nouvelle ? Ne tournez pas autour du pot toute la journée, j'ai une peine de cœur à ruminer.

— Cette année, explique papa sans relever mon sarcasme, vous n'aurez pas de cadeaux de Noël.

Nos protestations fusent aussitôt.

— Ce n'est pas juste ! Les traces de sauce ne se voient plus !

— J'espérais tellement recevoir Super Mario 64 ! se lamente Benjamin, les larmes aux yeux.

Maman lève une main en signe d'apaisement.

— Laissez-nous terminer. Personne n'aura de présents pour la bonne raison qu'on part en voyage !

Je demeure un moment interloquée.

— Un voyage ? Ne me dites pas qu'on va fêter Noël dans un chalet humide en Gaspésie ? Que je devrai partager un lit plein de punaises avec mon insupportable frère ? C'est ça, votre bonne nouvelle ?

Papa et maman se consultent du regard. J'ai la vague impression qu'ils avaient anticipé ma réaction. Mon père enchaîne :

— On a beaucoup économisé ces derniers temps pour

s'offrir de véritables vacances. Le genre dont on rêvait, votre mère et moi, quand on n'était que des gamins. Moi, mes parents ne pouvaient se payer que le camping du Cap-de-la-Madeleine, et votre mère n'est jamais allée plus loin que les plages de Cape Cod.

— C'est là qu'on va ? s'inquiète Ben. Au Cap-de-la-Madeleine ?

— Mille fois mieux que ça, lui répond maman avec un clin d'œil. En mars prochain, durant la semaine de congés, on ira en Floride !

Ben ouvre la bouche, la referme, l'ouvre de nouveau, puis pousse un grand cri. Je comprends pourquoi mon idée de partir en Californie a été aussi mal reçue.

— On sera absents douze jours, ajoute papa. Ça veut dire que vous manquerez un peu l'école.

Benjamin se trémousse de plus belle.

— On a réservé un appartement à Cocoa Beach, enchaîne maman. C'est un village de la côte Est, à une heure de route d'Orlando.

Tournant la tête vers moi, elle confie :

— Notre logement comptera deux chambres et un canapé-lit. Cela veut dire que vous ne dormirez pas ensemble, Benjamin et toi. On y a pensé, on n'est pas fous.

Mon père se frotte les mains et ajoute :

# Chapitre 4

— J'ai fait venir par la poste une carte routière de la région et des dizaines de guides touristiques. On pourra visiter Cap Canaveral, là où furent lancées les fusées qui ont emmené les hommes sur la Lune, puis aller à SeaWorld, le célèbre parc marin, et...

— Benjamin, intervient maman, cesse de gigoter comme ça, tu me donnes le tournis.

— ... le clou du voyage sera la réalisation de ce grand rêve qu'on évoquait, votre mère et moi...

Il maintient le suspense quelques secondes, puis ajoute, un large sourire sur les lèvres :

— On va visiter les trois parcs d'attractions du Walt Disney World Resort !

Papa et maman rigolent et s'embrassent comme des tourtereaux. Benjamin sautille autour de la table, les bras dans les airs, comme s'il venait de marquer un but en Coupe du monde. Je dois l'avouer, la Floride, c'est autre chose que la Gaspésie, mais je ne suis pas enthousiasmée pour autant.

— Oui, tu veux dire quelque chose, Lili-Rose ? me demande maman en remarquant ma main levée.

— Je ne veux pas aller en Floride.

— Ah bon ?

— Combien de temps ça va prendre, à votre avis, de

se rendre là-bas en auto ? Trois jours ? Quatre ? Vous voulez ma mort ? Je ne serai jamais capable de supporter ce morveux-là pendant si longtemps, attachée comme une momie dans notre vieille Saturn aux sièges à moitié défoncés, sans possibilité de m'évader !

Papa paraît déconfit. J'enchaîne aussitôt :

— Et il faudrait se taper toute cette route pour quelle raison ? Visiter un parc aquatique qui maltraite les animaux ? Ne faites pas cette tête, j'ai vu le reportage dans l'émission *Découverte*, les orques y sont malheureuses, elles font des tours stupides dans le seul espoir d'avoir à manger.

Je me tourne vers maman.

— Et puis, franchement, Disney, c'est pour les bébés. Amusez-vous bien au pays des *snowbirds*, je n'irai pas, point final.

Sans laisser à mes parents la chance de répliquer, je monte dans ma chambre, claque la porte et n'en ressors plus du reste de la journée.

# Chapitre 4

## PALMARÈS DE MES NOMBREUSES QUALITÉS
### ET DE MES RARES DÉFAUTS

**LES QUALITÉS**

1. Curieuse
2. Enthousiaste
3. Jolie
4. Fidèle
5. Romantique
6. Amicale
7. Passionnée

**… ET LES DÉFAUTS**

1. Pas très persévérante
2. Un peu colérique
3. Impatiente
4. Trop naïve en amour

Je n'en vois pas d'autres.

# Chapitre 5

## ENCORE MERCREDI 24 DÉCEMBRE 1997

NOMBRE DE JOURS SANS AMOUREUX :

une éternité

TEMPÉRATURE EXTÉRIEURE :

toujours la même météo déprimante

Je suis sérieuse : il n'est pas question que je passe plusieurs jours coincée dans une voiture avec mon frère. Et puis, j'ai passé l'âge de m'émerveiller devant un château habité par une princesse qui n'est, en fait, qu'une comédienne dont le seul talent est de posséder une vague ressemblance avec un personnage de dessin animé. À en croire la pub, Walt Disney World serait l'endroit où les rêves deviennent réalité, mais ce ne sont pas *mes* rêves ! Même affublé de son chapeau de sorcier, Mickey ne rendra pas Maxime plus amoureux de moi.

D'un geste rageur, je balaie toutes les peluches qui encombrent mon lit. Il serait temps que je m'en débarrasse. J'attrape mon baladeur et cherche parmi mes CD une musique correspondant à mon humeur. Ma discographie est toutefois composée essentiellement de disques pop. Il me faut quelque chose de plus lourd, de plus sombre. J'appelle Rosalie. Elle aime le punk, le grunge et le rock alternatif. Mon amie propose de me faire un enregistrement des chansons qu'elle aime écouter lorsqu'elle se sent déprimée. Comme moi, elle préfère les sonorités anglophones, qui la font davantage vibrer. J'apprécie certaines chansons francophones, mais elles passent tellement souvent à la radio, dans les centres commerciaux, chez le dentiste, partout en fait, qu'elles perdent vite leur charme.

# Chapitre 5

Je les connais par cœur sans même avoir besoin d'acheter l'album.

En milieu d'après-midi, Rosalie se pointe chez moi.

— Quatre-vingt-dix minutes de pur bonheur ! annonce-t-elle avec un sourire satisfait. Après avoir écouté ça, tes soucis vont te paraître moins pénibles, c'est promis.

— Merci.

— À part ça, tout baigne ?

— Bof. Toute l'école doit maintenant être au courant que j'ai le cœur en mille miettes, Leonardo DiCaprio vit à des milliers de kilomètres et ignore que j'existe, et la cerise sur le gâteau, mes parents veulent m'humilier en me traînant dans un parc d'attractions pour enfants. Mais à part ça, je ne vais pas trop mal, merci.

Mon sarcasme fait sourire mon amie. Nous parlons un moment de tout et de rien, puis elle s'éclipse en me faisant promettre de l'appeler dès que j'aurai écouté son montage musical.

Je récupère mon vieux walkman jaune au fond d'un tiroir et glisse la cassette dans le compartiment. La bande n'est pas tout à fait rembobinée. J'appuie sur *Rewind*, puis sur la touche *Play*. Dès les premières notes, j'ai l'impression d'être Alice tombant dans son trou, tellement je suis transportée dans un univers différent de celui auquel je suis habituée. La première chanson que Rosalie a choisi de me faire découvrir est Fake Plastic Trees, de Radiohead. La ballade mélancolique me touche d'une manière que je ne saurais expliquer.

# Chapitre 5

S'enchaînent ensuite des chansons tantôt enragées, tantôt douces-amères, un étrange mélange de rock, de punk, de grunge et même de métal. J'entends plus de batterie dans chacune de ces chansons que dans toutes les compositions des Spice Girls réunies.

## MES PRÉFÉRÉES

*Zombie*, des Cranberries

*Creep*, de Radiohead

*Wonderwall*, d'Oasis

*Lightning Crashes*, de Live

*Basket Case*, de Green Day

*Enter Sandman*, de Metallica

## CELLES QUE J'AIME MOINS

*Every Single Day*, de Pennywise

*Bullet With Butterfly Wings*, des Smashing Pumpkins

*Undone*, de Weezer

*Psycho Love*, de Skid Row

*Self Esteem*, d'Offspring

*Linoleum*, de NOFX

*21st Century*, de Bad Religion

*Romeo and Rebecca*, de Blink-182

*Mouth for War*, de Pantera

Ma préférence va aux ballades. C'est normal, je suis une grande romantique. Rosalie a caché une autre chanson du groupe Oasis à la fin du montage, après un blanc d'une dizaine de secondes. Lorsque s'estompent les dernières notes de Don't Look Back in Anger, je pleure comme une Madeleine. Si son objectif était de me changer les idées, c'est raté.

J'appelle quand même mon amie pour la remercier. Je suis contente qu'elle m'ait ouvert de nouveaux horizons musicaux. J'ai envie de faire comme dans la chanson des frères Gallagher et de ne plus regarder en arrière. Je ne retrouverai pas ce que j'ai perdu, je dois me tourner vers l'avenir et profiter du moment présent.

Mais il n'est toujours pas question que j'aille en Floride.

# LES QUALITÉS QUE J'ADMIRE CHEZ UN GARÇON

1. Capable de me faire rire
2. Curieux (intéressé par autre chose que la course automobile)
3. Patient (du moins, plus que moi)
4. Capable d'aligner plus de deux phrases de suite au téléphone
5. Ne pète pas, ne rote pas, ne jure pas

# Chapitre 6

## JEUDI 25 DÉCEMBRE 1997

(je vous souhaite un Noël plus joyeux que le mien)

NOMBRE DE JOURS SANS AMOUREUX :

5 (j'agonise)

TEMPÉRATURE EXTÉRIEURE :

–10 °C, et il recommence à neiger

Je sais bien que vous me trouvez ingrate. Je devrais être emballée à la perspective de prendre des vacances au soleil, surtout que je déteste l'hiver à m'en confesser. Les cartes de Noël présentent toujours un décor féérique, mais ces images ne sont pas représentatives de la réalité. Dehors, la neige est grise à cause du sel pour dégeler, le froid fait que mon nez coule dans mon écharpe, le vent gifle mon visage et le grésil me fait plisser les yeux. Cette saison glaciale embête tout le monde en s'installant avant la date prévue au calendrier et en s'éternisant le printemps venu. Non, je ne pratique pas de sport d'hiver ! Je tombe sur les fesses chaque fois que j'enfile des patins et n'ai guère plus d'équilibre sur un snowboard. Et il n'y a aucune manière d'être coquette en hiver, avec tous ces vêtements chauds qu'il faut enfiler les uns par-dessus les autres. J'ai l'air du yéti quand j'enfile mes bottes et mon manteau.

Je devrais donc être enchantée à l'idée de passer un moment au soleil, mais personne ne semble réaliser qu'en Floride je serai entourée de touristes souriants et que, pour ne pas gâcher *leurs* vacances, je devrai afficher moi aussi un bonheur que je n'éprouve pas. Je suis bonne comédienne, mais pas hypocrite à ce point-là. Et puis, je n'ai pas envie de passer tout ce temps avec ma famille, comme à l'époque où nous partions arpenter les rues du Vieux-Québec. J'aurais préféré aller en Californie avec mes amies, moi ! Non, vraiment, deux semaines sans les voir, ce serait une vraie torture.

J'ai donc proposé à maman de demeurer seule à la maison. Je pourrais me gaver de plats surgelés, inviter mes copines pour la nuit, peut-être même faire une fête monstrueuse, comme dans les films américains. Mais maman a deviné ce que j'avais en tête et s'y est opposée net.

— Je suis responsable de toi, et s'il survenait quelque chose, je m'en voudrais toute ma vie.

— Mais que voudrais-tu qu'il m'arrive ? On habite Rosemont, il ne se passe jamais rien de palpitant dans ce quartier !

— Tu pourrais glisser sur la savonnette et te cogner la tête sur le bord du bain. Le temps qu'on revienne de vacances, tu te serais vidée de ton sang.

Perspective peu réjouissante, je l'avoue, mais un peu trop mélodramatique quand même.

— Je suis pourtant déjà restée seule une journée !

— Lili-Rose, j'ai confiance en toi, mais il y a une différence entre passer un après-midi devant la télé et deux semaines sans supervision parentale. Tu es mineure, et je suis garante de ce qui pourrait t'arriver.

# Chapitre 6

— T'es énervante !

— C'est mon rôle de maman.

À ce moment, Ben passe la tête dans le cadre de porte de ma chambre.

— Toi, dégage !

— Maman a raison, me glisse-t-il avec un sourire sournois. Imagine qu'il y ait une araignée dans la salle de bain, qui la délogerait ? Toi ? Tu n'oserais même pas entrer dans la pièce, tu serais obligée d'aller faire pipi dans la neige !

Je lui tire la langue. Ben déguerpit en riant.

— Et s'il y avait une panne d'électricité ? s'inquiète maman.

J'imagine la maison plongée dans l'obscurité et sans chauffage. Je serais obligée de porter des chaussettes en laine qui grattent, de me blottir sous plusieurs édredons, je sursauterais au moindre bruit suspect... La chaleur de la Floride semble tout à coup invitante. Je tente cependant un dernier argument.

— Je pourrais demeurer chez tante Mireille ? Ou bien elle pourrait venir ici ?

Maman secoue la tête. Ce n'est évidemment pas possible, après l'accident de ski dont elle peine à se remettre.

— Je pourrais aller chez une amie, alors ? Je suis persuadée que les parents de Justine seraient d'accord pour...

— Il n'en est pas question, tranche maman. Je refuse

que tu vives aux crochets de gens que je ne connais pas.

— Citron de citron, tu les as déjà vus au pique-nique de...

— La seule personne qui pourrait veiller sur toi, c'est ta grand-mère.

Je demeure un moment abasourdie. Elle est sérieuse, là ? Elle pense que je pourrais avoir envie de dormir sur un lit de camp installé dans la minuscule chambre de mamie ? Que j'aimerais l'entendre parler continuellement de l'époque où des tramways circulaient dans les rues de Montréal ? Jamais je ne pourrais survivre à douze jours de nourriture prémâchée comme celle qu'ils servent à son hospice. L'horreur doit se lire sur mon visage, car maman éclate de rire. Me voilà piégée. Je n'ai pas le choix de les accompagner.

Les jours suivants, ma famille ne parle que du voyage à venir. Tout le monde a son avis sur le temps qu'il fera, la nourriture que nous mangerons, les excursions que nous ferons. Je ne m'en mêle pas. Je passe les congés de Noël à regarder des films en quantité industrielle, le plus souvent en compagnie de Justine ou d'Amélie. Le reste du temps, j'ai mes écouteurs sur les oreilles et je me repasse en boucle le montage de Rosalie. Ou du moins, certaines des chansons qu'elle m'a enregistrées.

Maman dit qu'elle est consciente que je vis des moments difficiles et qu'un rien me rappelle Maxime : un refrain que nous aimions, un film dont nous raffolions, un endroit particulier où nous allions, tout, quoi. Elle pense que ce voyage est une belle occasion à saisir. Là-bas, je pourrai penser à autre chose.

# Chapitre 6

C'est vrai qu'à plus de deux mille trois cents kilomètres de Montréal, j'ai toutes les chances de ne pas entendre parler de Maxime Gagnon-Tremblay ou de sa sirène au rire de hyène. Et puis, le soleil améliorera mon teint blême. Au retour, j'attirerai les regards des garçons, c'est certain. Je songe aussi que je serai bientôt une adulte avec des responsabilités et des paiements mensuels à respecter. Je n'aurai plus le temps ni les moyens de voyager, à moins que ma carrière d'actrice ne décolle rapidement. Ou que je visite uniquement des pays peu recommandables, avec un sac à dos pour seul bagage. Bref, je serais folle de bouder ces vacances gratuites.

Mais il n'est toujours pas question que je me laisse photographier en compagnie de Cendrillon ou de Blanche-Neige, j'aurais trop honte.

Un plan se forme bientôt dans mon esprit. Il faut que je convainque mes parents de me laisser seule à l'appartement pendant qu'ils exploreront la région. Je pourrais me faire bronzer en toute tranquillité, me gaver de glaces, peut-être même flirter avec des garçons. Mais pour que mon rêve devienne réalité, je vais devoir faire preuve de ruse et de diplomatie, deux qualités qui me font défaut.

# Chapitre 7

## LUNDI 12 JANVIER 1998

NOMBRE DE JOURS SANS AMOUREUX :

plus de trois semaines

TEMPÉRATURE EXTÉRIEURE :

-10 °C, et il neige encore...

Les cours reprennent. Je rase les murs et garde la tête basse pour ne pas voir Maxime et Steffi s'embrasser. Je demande même à m'asseoir à l'avant de la classe, prétextant une vue soudainement déficiente, mais ça ne change pas grand-chose, je les entends quand même roucouler. À l'heure du midi, impossible d'ignorer les tourtereaux, devenus le roi et la reine de l'école. Ils occupent désormais une place de choix dans la cafétéria, près des tables réservées par les joueurs de foot américain. Ils ont même des courtisans qui portent leur plateau-repas. Jamais personne n'a levé le petit doigt pour moi quand je sortais avec Max. Je méprise ces parasites, ils espèrent seulement que la popularité du couple de l'heure rejaillira sur eux. Je joue celle que la situation indiffère, mais à l'intérieur, je bous de rage. Et avant la fin de la semaine, je finis par me venger.

Je ne mets pas à exécution un des coups fourrés que j'avais imaginés. Rosalie me propose un autre plan, qui ne risque pas de m'incriminer. Ce matin-là, prétextant des crampes prémenstruelles atroces, elle quitte le cours de mathématiques pliée en deux. J'annonce au professeur que je l'accompagne à l'infirmerie, mais nous gagnons plutôt le grand escalier menant au rez-de-chaussée. Le concierge est occupé à nettoyer les marches couvertes de gadoue. Rosalie et moi rebroussons chemin à pas de loup.

# Chapitre 7

— Utilisons l'escalier de secours, suggère mon amie.

— La porte d'accès n'est pas reliée à une alarme ?

— Non, c'est un leurre pour éviter que les élèves ne s'y aventurent. J'ai vu plusieurs profs emprunter cet accès-là.

Nous longeons un corridor où se succèdent des portes closes. L'escalier est au bout. Quelques minutes plus tard, nous parvenons sans encombre dans la grande salle où s'alignent des dizaines de rangées de casiers. Rosalie se dirige vers le sien. Elle y avait caché une pince à métaux qu'elle s'est procurée auprès de son oncle qui possède un atelier de réparation d'électroménagers. Je brandis quant à moi un cadenas dont maman ne se sert plus depuis qu'elle a annulé son abonnement à la salle de gym.

— C'est lequel, le casier de Maxime ? murmure Rosalie.

— Numéro cent quatre-vingt-dix-neuf.

C'est seulement deux rangées plus loin. Sans perdre de temps, Rosalie entreprend de couper l'anse de son cadenas tandis que je fais le guet. Mon cœur bat à toute allure à l'idée d'être surprise en plein méfait. Clang ! J'entends le métal se fendre en deux. D'un geste fluide, mon amie remplace le cadenas par celui que j'ai apporté de la maison. Clic. Le tour est joué. Quand Max voudra accéder au contenu de son casier, il se heurtera à une nouvelle combinaison. C'est un peu immature, je l'avoue. Après avoir rangé la pince et jeté le cadenas désuet, Rosalie et moi retournons en classe, ravies de notre manigance.

# Chapitre 7

Plus tard ce jour-là, Amélie me conte la scène dont elle a été témoin. Apparemment, Maxime a pété les plombs devant son casier condamné. Incapable d'en ouvrir la porte, il a entrepris de la défoncer à grands coups de pied. Le vacarme a attiré l'attention d'un surveillant, qui l'a emmené rencontrer le directeur. Maxime n'ayant aucune explication plausible pour justifier son attitude, monsieur Auger l'a renvoyé pour le reste de la journée. Ses parents doivent être furieux. Et lui aussi.

Mon amie Rosalie n'est jamais à court d'idées lorsque vient le moment de jouer des tours. Elle a trois frères, tous plus âgés qu'elle. Ils lui en ont fait voir de toutes les couleurs, mais elle a appris à leur rendre coup pour coup. Ils savent maintenant que s'ils lui cherchent querelle, elle le leur fera payer cher. Au lendemain de notre méfait, elle me propose cette fois de me venger de Steffi. Moi, je suis partante. Je veux humilier la chipie qui m'a volé mon copain, je souhaite qu'elle souffre autant que moi et que toute l'école réalise combien elle a été odieuse. La première idée qui me passe par la tête est de faire livrer chez elle une douzaine de pizzas aux anchois, mais Rosalie me fait remarquer que je punirais surtout ses parents, car c'est eux qui devraient les payer, et je n'ai rien contre ces gens-là.

— J'ai une meilleure idée, me glisse mon amie en me décochant un clin d'œil. Fais-moi confiance, demain ta rivale aura l'air tarte.

Elle refuse cependant de m'en dire davantage, et je passe la soirée à imaginer quel tour pendable Rosalie a pu imaginer.

# Chapitre 7

Le lendemain, j'ai tôt fait de la repérer à l'entrée de l'école, en pleine conversation avec Amélie.

— Salut, les filles ! Alors ? Quand est-ce qu'on met ton plan à exécution ?

Rosalie me fait les gros yeux, tandis qu'Amélie fronce les sourcils. Je réalise un peu tard mon manque de subtilité.

— Je veux dire… le plan pour le travail d'équipe… en français cet après-midi…

— J'ignorais qu'on travaillait en duo, s'inquiète Amélie.

Comme Rosalie et moi restons silencieuses, elle enchaîne :

— Je ferais mieux d'aller trouver Justine avant qu'elle

fasse équipe avec quelqu'un d'autre.

Amélie s'éloigne prestement. Je lui dirai que j'ai confondu avec le cours d'économie, dans lequel il nous faut réellement travailler par paires. Dès qu'elle est hors de portée de voix, je me tourne vers Rosalie.

— On fait quoi ?

— On prend position avant que la cloche sonne.

Mon amie me précède dans l'école et grimpe deux par deux les marches de l'escalier central. En passant devant l'entrée de la cafétéria, j'aperçois Maxime et Steffi qui rigolent avec quelques sympathisants. Je suis aussitôt confortée dans mon envie de leur servir des représailles. Rosalie s'arrête au dernier palier, qui n'offre qu'un accès à la ventilation de l'édifice. Je me demande ce qu'elle compte faire, quand mon amie sort de son sac à dos une boîte d'œufs frais.

— Quand la cloche va sonner, explique-t-elle, tout le monde va se précipiter en classe, sauf le roi et la reine de la cafétéria. Ils quittent toujours les lieux après leurs sujets, tu n'as pas remarqué ? Je pense qu'ils en profitent pour se tripoter.

L'image m'arrache une grimace de dégoût.

— Lorsqu'ils s'engageront dans la cage d'escalier, on sera prêtes.

— Tu veux laisser tomber des œufs sur leur tête ?

Mon amie a un sourire carnassier.

— Le temps qu'ils réalisent ce qui leur arrive, on sera déjà en classe, et eux, ils devront porter des vêtements poisseux le reste de la journée.

Je trouve son idée à la fois saugrenue et téméraire, mais je n'ai pas l'occasion d'exprimer mes réserves que la cloche sonne, annonçant le début des cours. Bruyants comme un troupeau d'éléphants, nos camarades se déversent dans l'escalier et empruntent les différents couloirs menant aux salles de classe. Comme Rosalie l'avait prédit, Max et sa perruche sont les derniers à quitter la cafétéria, étroitement enlacés. Mon amie saisit deux œufs dans chaque main, se penche au-dessus du vide et les laisse choir. L'instant suivant s'élèvent des cris d'horreur. Je jette un coup d'œil pardessus la balustrade. Maxime et Steffi sont dégoulinants de jaunes d'œufs, des morceaux de coquilles parsemant leurs cheveux. Max lève la tête et m'aperçoit. Le regard qu'il me lance est limpide.

Rosalie et moi attrapons nos sacs et dévalons les marches jusqu'au palier suivant. Nous parvenons au local de français hors d'haleine, mais sans être inquiétées. Heureusement, monsieur Marchand nous tourne le dos et ne remarque pas notre arrivée tardive. Nous gagnons nos places en silence. Mon cœur continue de battre à cent kilomètres à l'heure et j'ai peine à me concentrer sur la matière. Peu avant la pause, l'interphone se met à grésiller. Rosalie et moi sommes convoquées par monsieur Auger. Je jette un regard inquiet vers mon amie. Celle-ci hausse les épaules. Nous n'avons pas le choix d'obtempérer. Nous marchons lentement, sans dire un mot, retardant le plus possible notre entrée dans le bureau du directeur.

Maman m'y attend, ainsi que le père de Rosalie. Maxime et Steffi sont assis dans un coin. Ils ont pris une douche et enfilé leurs vêtements d'éducation physique. Les yeux de la Française me lancent des couteaux affûtés, mais c'est le regard de ma mère qui est le plus difficile à soutenir. On dirait qu'elle ne me reconnaît pas. J'ai tout à coup peur qu'elle cesse de m'aimer comme avant.

— Ce n'est pas juste ! Je n'ai rien lancé, moi !

Et voilà comment je me trahis sans qu'on m'ait incriminée de quoi que ce soit. Bravo, Lili-Rose, bravo. En prime, j'ai l'air d'accuser Rosalie d'être l'unique fautive. Je détourne la tête, dégoûtée de moi-même, et passe le reste de l'entretien à contempler le bout de mes chaussures. Non seulement Maxime nous a vues, mais nous avons été filmées par une caméra de sécurité en train de jeter la boîte d'œufs dans une corbeille. Rosalie et moi n'avons rien à dire pour notre défense. Nous présentons nos excuses aux victimes (malaise), puis monsieur Auger nous impose un travail d'intérêt public. Nous avons le choix de ramasser les mégots de cigarette qui traînent dans la cour ou d'aider le concierge à cirer le parquet du gymnase. Les deux tâches me répugnent autant l'une que l'autre. En outre, nous sommes suspendues pour le reste de la journée. Moi qui pensais que me venger me remonterait le moral…

En route vers la maison, maman s'arrête à un *food truck*, prétextant que ces émotions lui ont ouvert l'appétit. Je ne suis pas dupe, une deuxième sentence m'attend, parentale celle-là. Elle veut simplement faire passer la pilule en la dissimulant dans un hamburger.

Nous nous assoyons dans un coin tranquille. Maman entame son hamburger avec appétit. Je n'ose pas toucher au mien, j'ai l'estomac noué.

— Je comprends ce que tu vis, Lili-Rose. L'amour peut nous faire faire des choses irrationnelles. Surtout lorsqu'on en est privé.

Je ne suis pas d'humeur à écouter sa psychologie à deux sous. J'enfourne une poignée de frites pour m'éviter de répondre.

— Moi, par exemple, j'ai failli tuer quelqu'un par amour.

Là, j'avoue que je manque m'étouffer.

— Un amour perdu… J'étais… désespérément bouleversée…

Maman me raconte qu'à l'âge de dix-neuf ans, elle était très éprise d'un garçon qu'elle fréquentait depuis quelques semaines. Ils étaient toujours ensemble, se faisaient mille et une promesses, elle pensait avoir trouvé l'âme sœur. Un jour qu'elle se promenait au bord du canal Lachine avec son chien (un esquimau américain, pour votre information), elle a aperçu des amoureux qui s'embrassaient avec fougue, englués comme des limaces, enlacés comme s'ils étaient seuls au monde. À leur vue, maman a souri. Ce couple lui rappelait le sien. L'homme a alors relevé la tête, peut-être pour reprendre son souffle, et ma mère a aussitôt reconnu son copain. Le sang lui est monté à la tête. Elle s'est jetée sur lui et l'a roué de coups de poing en l'invectivant. Le pauvre tentait de parlementer tout en se protégeant, mais maman ne voulait rien entendre. Plus il protestait, plus elle le repoussait, si bien qu'il a fini par basculer par-dessus le muret de protection et tomber dans le canal.

— J'avais oublié sa peur de l'eau. Nicolas ne savait pas nager.

Je roule des yeux horrifiés.

— Il s'est noyé ?

— Non, heureusement. Et ce n'est pas grâce à sa nouvelle copine. Tout le temps de notre querelle, elle est restée là, pétrifiée, la bouche entrouverte. C'est moi qui ai sauté dans le canal. Mon chien m'a suivie, d'ailleurs. J'ai aidé Nicolas à rejoindre le bord de l'écluse où il a pu se hisser en agrippant un échelon. C'était stupide de ma part…

— … mais compréhensible…

Maman esquisse une moue.

— Je suppose que ma bonne action a compensé ma réaction initiale. Cela dit, même si lancer des œufs n'a rien d'aussi dramatique, c'est quand même mal, j'espère que tu en es consciente.

Je savais bien que nous y arriverions.

— J'aimerais que tu accomplisses à ton tour une bonne action.

— En plus de ce que m'impose le directeur ?

— Oui. Et estime-toi heureuse, car ton père proposait de mettre un terme à tes leçons d'art dramatique.

Devoir rendre service à Maxime me répugne, mais la perspective d'être privée de mes cours de théâtre est encore moins réjouissante. Je vais devoir trouver quelque chose pour faire amende honorable, cette fois sans l'aide de Rosalie.

# LE GARÇON IDÉAL

## (LE CHARME, ON AURA BEAU DIRE, ÇA COMPTE QUAND MÊME UN PEU)

1. Un beau sourire (pas de dents jaunes ou toutes de travers).

2. Un peu sportif, mais pas trop, je ne veux pas sortir avec un gars qui passe tout son temps à se muscler, puis qui s'admire devant un miroir.

3. De belles mains, mais pas efféminées (les gars, arrêtez de vous ronger les ongles ou d'arracher des bouts de peau, c'est dégueulasse !).

4. Des cheveux blonds comme les miens, je craque.

5. Des yeux bleus aussi.

# Chapitre 8

## SAMEDI 17 JANVIER 1998

**NOMBRE DE JOURS SANS AMOUREUX :**

une éternité !

**TEMPÉRATURE EXTÉRIEURE :**

–1 °C, mais il vente vraiment très fort

Heureusement, après ces événements, ma vie reprend un cours plutôt normal. Le temps aidant, je m'habitue tranquillement à mon célibat. Le week-end, après avoir fait mes devoirs, je peux me consacrer entièrement à mes amies. Nous louons des films ou allons manger une poutine[3] comme je le faisais avec Max. Bien sûr, ce n'est pas pareil. Dans les

3) Plat typique du Québec composé de frites, d'une sauce brune et de fromage en grains.

salles obscures, je ne prends pas la main de Justine, et il ne me viendrait jamais à l'esprit d'enfouir mon nez dans le cou d'Amélie. Certains petits bonheurs sont meilleurs lorsqu'on les vit avec un garçon.

À deux mois de notre départ, mes parents montrent de plus en plus de signes d'anxiété. Un matin, papa nous étonne en préparant le petit-déjeuner vêtu de la robe de chambre zébrée de maman. Le lendemain, c'est elle qui oublie de programmer la minuterie de la rôtissoire et nous sert un poulet calciné. Ces deux-là auraient intérêt à faire des listes pour se calmer. Il faut dire qu'ils ont tout réservé eux-mêmes, sans l'aide d'un agent de voyage. Ah, si vous entendiez papa tenter de se faire comprendre au téléphone, en usant d'un anglais des plus approximatifs... Vraiment, il devrait laisser maman s'occuper de ça. Elle est bilingue, elle. Mais mon père est orgueilleux, il pense qu'il n'a pas d'accent. Moi, je me débrouille comme je peux. J'habite Rosemont, pas Westmount, les occasions de parler l'anglais sont peu nombreuses. Cette langue, je l'ai apprise comme mes amies en écoutant de la musique, en regardant des films et surtout des séries télé comme Friends, Beverly Hills 90210 ou bien La Fête à la maison.

De son côté, maman a écrit l'horaire de nos vacances sur un grand carton qu'elle affiche sur le réfrigérateur. Pas de place pour l'improvisation, tout semble déjà planifié à la minute près. Certaines activités sont pensées pour satisfaire la curiosité de mes parents, d'autres sont destinées à mon frère, mais moi, je n'y trouve pas mon compte. Maman m'explique que s'il n'y a rien de prévu pour moi, c'est qu'aux dernières nouvelles je ne souhaite pas aller en Floride. Je suis à deux doigts de m'énerver, mais quelque chose dans son regard me retient. Je lui laisse quand même entendre que je préférerais aller à la plage ou assister à un concert en plein air. Et puis, Rosalie prétend qu'il existe des *outlets* fantastiques dans la région d'Orlando. Ce serait génial d'y faire du shopping, non ? Eh bien, non. Ma suggestion a l'effet d'un plongeon raté. Beaucoup de bruit, beaucoup d'éclat, mais un gros zéro au bout du compte.

Je décide alors de mettre cartes sur table et de lui exposer mon idée de demeurer à l'appartement pendant qu'elle, papa et Ben iront s'amuser de leur côté. Tout le monde y gagnerait : moi, je ferais ce qui me plaît, et eux n'auraient pas à me supporter. Maman n'est pas particulièrement enthousiaste (le contraire m'aurait étonnée !), mais elle accepte de réfléchir à ma proposition, ce qui est en soi une petite victoire.

C'est alors que le téléphone sonne. À l'autre bout du fil, Justine a l'air fébrile.

# Chapitre 8

— Lili ! J'espère que tu es bien assise : j'ai quelque chose à t'annoncer !

Je grimpe dans ma chambre avec le sans-fil.

— Vas-y, je t'écoute.

— Hier soir, j'étais au cinéma avec Béa…

Béatrice est la sœur de son copain, Stéphane. Elle a treize mois de plus que nous. Je le précise pour que vous suiviez.

— … qui voulait voir ce film de vampires dont on parlait l'autre jour. Moi, ça ne me disait rien, tout ce sang, j'aurais préféré revoir *Titanic*, mais comme c'est elle qui payait, je n'ai rien dit. Bref, on quittait la salle et on se dirigeait vers la sortie quand j'ai aperçu ton ex dans la file qui attendait pour acheter du pop-corn. Il était en grande discussion avec son ami Éric…

Éric est aussi l'ami de Stéphane, le copain de Justine. Vous suivez toujours ?

— … et quand je suis passée à leur hauteur, j'ai entendu Maxime dire qu'il partait en vacances durant les congés.

— Tant mieux pour lui.

— Attends, le plus croustillant arrive. Max a ajouté qu'il risquait de s'ennuyer ferme, vu qu'il est enfant unique, et que ses parents avaient donc accepté qu'il emmène quelqu'un avec lui.

# Chapitre 8

— Laisse-moi deviner : Éric l'accompagnera. C'est ça, ta grande révélation ?

Justine a une brève hésitation.

— C'est… Steffi qui sera du voyage.

Je suis prise de nausée en imaginant les tourtereaux partager un *gelato* sur une terrasse en Italie ou un chocolat chaud dans un chalet des Alpes. Je parviens à articuler d'un air faussement détaché :

— Et ces vacances, il les passera où ? Est-ce qu'il l'a dit ?

Justine m'assène alors le coup de grâce :

— Max sera en Floride.

# PALMARÈS DES DESTINATIONS
## OÙ J'AIMERAIS ALLER EN VACANCES

1. Paris, la ville la plus romantique au monde
2. Londres, parce que c'est la capitale de la mode
3. Hollywood, la Mecque du cinéma
4. New York, une métropole que j'ai si souvent admirée au cinéma et à la télé que j'ai l'impression d'y avoir déjà vécu
5. Cuba, pour se relaxer dans un All Inclusive sans être obligée de visiter des trucs nuls

En fait, n'importe quelle destination où Maxime Gagnon-Tremblay NE SE TROUVE PAS ferait mon bonheur.

# Chapitre 9

## SAMEDI 24 JANVIER 1998

NOMBRE DE JOURS SANS AMOUREUX :

35 (c'est probablement un record mondial)

TEMPÉRATURE EXTÉRIEURE :

0 °C (on dirait que c'est le printemps !)

Après avoir parlé à Justine samedi dernier, j'ai passé un long moment à serrer dans mes bras ma peluche de Simba. (Je sais, je sais, vous devez me trouver hypocrite de trouver du réconfort auprès de ce lionceau alors que je ne veux pas rencontrer les personnages de Disney, mais il existe une grande différence entre un objet auquel j'attache de précieux souvenirs et l'idée saugrenue de faire un câlin à un type dégoulinant de sueur sous son costume.) J'en suis venue à la conclusion que Maxime voulait gâcher mes vacances, qu'il cherchait à se venger pour la pluie d'œufs. Heureusement, la Floride est un grand État, et il y a de fortes chances que je ne le croise jamais. Mais il existe quand même une possibilité que je tombe sur lui et Steffi. Les voir s'enduire de crème solaire ou s'embrasser à pleine bouche me rendrait malade. D'un autre côté, il est tout à fait possible que Maxime ait improvisé cette histoire en apercevant mon amie. Il devait se douter qu'elle me rapporterait sa conversation. Comme je vous l'ai dit, la famille de Max n'est pas aussi fortunée que la mienne, et nous ne sommes pas millionnaires. Papa répète souvent qu'il n'a pas les moyens de payer un supplément à la compagnie de téléphone pour qu'on entende des sonneries différentes pour les appels entrants. Alors j'imagine mal les parents de Maxime s'offrir des vacances de dernière minute dans un autre pays. Il a sûrement fait le fanfaron. À mon retour, je lui rendrai la monnaie de sa pièce en lui faisant croire que j'ai assisté à une course de Nascar. Il vendrait un de ses reins pour avoir la chance de visiter la célèbre piste de Daytona. Je pense que sa fourberie me dispense dorénavant de lui rendre service. Si mes parents me questionnent à ce sujet, j'inventerai quelque chose. Mais je doute qu'ils me relancent. Ils sont bien trop obnubilés par le voyage qui approche.

Je me fais tranquillement à l'idée de partir en Floride, mais un autre problème n'est toujours pas réglé. Je n'ai aucune envie de me taper la longue route dans une voiture inconfortable aux côtés de mon petit frère. Ce n'est pas que je ne l'aime pas, Ben, mais nous n'avons rien en commun. Trop d'années nous séparent. Lui s'intéresse aux jeux vidéo et au baseball, pratique le skateboard l'été et fait du snowboard l'hiver. Moi, j'ai mes copines, je suis curieuse de tout ce qui touche la mode, le cinéma et les stars de Hollywood. Je le trouve immature, il me juge superficielle : c'est de bonne guerre. Pourtant, il arrive que je trouve en lui un allié. Qui plus est, un allié plutôt facile à manipuler. Vous allez comprendre...

Ce matin-là, je trouve Benjamin au salon, enfoncé dans un des deux sofas, la télécommande dans une main, une tartine au beurre de cacahuètes dans l'autre. Je déteste ce mobilier tubulaire. Une des sections a des coussins couleur pêche, alors que ceux de l'autre sont turquoise. C'est la mode, paraît-il, mais à mon avis, ça ne durera pas.

— Tu n'as pas le droit de regarder *Les Simpson*.

maman dit que les blagues sont stupides.

– C'est *Ren et Stimpy* qu'elle m'interdit, répond-il sans quitter l'écran des yeux.

– Allez, passe-moi la télécommande.

– J'étais là en premier !

– Ça fait tellement longtemps que tu végètes devant l'écran, t'es en train de te fossiliser !

Je lui arrache la zapette des mains et j'entreprends de changer de chaîne à toute vitesse. Sous nos yeux défilent des pubs et des feuilletons américains mal traduits. J'arrête de zapper quand Benjamin m'assène un solide coup de pied sur un tibia. Grimaçant de douleur, je lui redonne le contrôle de la télécommande. C'est du théâtre, je fais semblant de lui céder quelque chose afin qu'il se sente redevable.

— Pourquoi t'es méchante avec moi ? demande-t-il en retrouvant sa place.

— Parce que tu le mérites.

— Ce n'est pas vrai.

— Si, t'es trop nul.

— Va chier.

— Tu vois ?

Je lui mène parfois la vie dure, car lui-même a ruiné la mienne. Façon de parler. Avant sa naissance, j'étais gâtée. On s'émerveillait du moindre de mes gribouillis, on m'applaudissait si je parvenais à pédaler sans petites roues, on me répétait que j'étais belle et intelligente.

# Chapitre 9

Quand Ben est né, j'ai pratiquement cessé d'exister. Du jour au lendemain, ce bébé joufflu a monopolisé toute l'attention, et je suis devenue transparente. Il a même fallu que je lui cède ma chambre, sous prétexte qu'elle donnait sur le jardin arrière et offrait plus de tranquillité.

— Je te laisse regarder ta série débile si tu acceptes de m'aider. Il faut convaincre les parents de réviser leur plan d'aller en Floride en voiture.

Ben a les yeux tournés vers l'écran, mais je sens qu'il m'écoute. Je continue mon plaidoyer.

— Huit à neuf heures de route, durant trois jours, c'est le temps qu'il faudra pour gagner Orlando. Un périple dont on ne sortira pas indemnes, tu t'en doutes.

Et au retour, ce sera pire encore. Après avoir passé toute la semaine dans le même logement, on ne se supportera plus.

Benjamin acquiesce en silence.

— Mais on peut réduire ce délai.

Mon frère éclate de rire.

— Tu proposes que papa conduise toute la nuit sans dormir ? Ou de nous téléporter, comme dans *Star Trek* ?

— Non, je voudrais prendre l'avion.

La série est interrompue par une publicité. J'en profite pour exposer mon idée géniale.

# Chapitre 9

— En avion, on se rendrait à destination en un rien de temps. Pas de motel miteux sur le bord de l'autoroute, pas de dispute, pas de stress ! Et tu sais quoi ? Maman n'est pas totalement contre cette idée. Il faut cependant convaincre papa de dépenser l'argent supplémentaire que ça coûterait.

— Tu rêves, il ne voudra jamais.

— S'il pense que je fais un caprice, il refusera de m'écouter, c'est vrai. Mais si on lui présente ENSEMBLE des arguments solides, on a une chance de le convaincre.

La série reprend, mais mon frère ne s'en préoccupe pas. Mon idée lui plaît, c'est évident. Prendre l'avion est plus excitant qu'un long périple en auto. Je lui explique comment procéder. Même s'il n'a que dix ans, Ben est doué pour les chiffres, je lui confie donc la préparation d'un budget. De mon côté, je vais surfer sur Netscape en quête d'informations pertinentes : horaires des vols, frais d'aéroport, ce genre de choses. À la fin de la journée, nous colligeons nos données sur un grand tableau. Il ne reste plus qu'à attendre le moment opportun pour présenter celui-ci à l'homme de la maison. Nous n'aurons qu'une seule occasion de faire bonne impression, il s'agit de ne pas la louper.

# Chapitre 10

## ENCORE SAMEDI 24 JANVIER 1998

**NOMBRE DE JOURS SANS AMOUREUX :**

inchangé

**TEMPÉRATURE EXTÉRIEURE :**

1 °C (ça sent clairement le printemps hatif !)

Nous attendons la fin de l'après-midi pour présenter notre projet. À ce moment, papa a fait sa sieste, comme il en a l'habitude les samedis, puis il s'est préparé un grand café noir. Je lui ai déjà fait remarquer que sa routine était plutôt déconcertante, mais il prétend avoir besoin de cette sieste pour se reposer, puis du café pour se réveiller. Allez y comprendre quelque chose. Nous le trouvons dans la salle de musique qu'il a aménagée au sous-sol. Les murs et le plafond de cette pièce sont insonorisés, pour lui permettre de composer en toute quiétude. Un piano électronique côtoie une guitare, des flûtes et des tambourins. Il y a même un djembé qu'une amie lui a rapporté d'un voyage au Burkina Faso. Dans des caissons s'empilent des centaines de cassettes et de disques compacts, pour l'essentiel des rééditions de vinyles égratignés. Sa collection est rangée selon un ordre apparemment logique, mais lui seul parvient à le comprendre.

Ben et moi nous immobilisons sur le seuil de l'antre. Papa nous tourne le dos, penché sur une carte routière parsemée de Post-it. Sur le plan de travail, j'aperçois un guide de la péninsule floridienne et plusieurs dépliants touristiques. Papa n'a pas remarqué notre présence. Il a enfilé ses écouteurs préférés, qui couvrent entièrement ses oreilles.

# Chapitre 10

— Si on prend l'autoroute 87, marmonne-t-il pour lui-même, il faudra rouler un peu plus loin que New York afin d'éviter le trafic du lendemain matin. Mais on pourrait aussi bien faire un petit détour par la route 81 et ainsi contourner la Grosse Pomme ainsi que Philadelphie. Arrivés à Washington, il serait toujours temps de bifurquer vers la route 95, qui nous mènera à destination. D'un autre côté…

Je m'avance de quelques pas pour signaler ma présence. Papa sursaute et retire ses écouteurs. Je reconnais la trame sonore du film Forrest Gump.

— Quelque chose ne va pas ? demande-t-il, sourcils froncés.

Notre lit d'eau est percé, c'est ça ? Je le savais qu'il finirait par rendre l'âme ! Je n'en voulais même pas, moi, c'est votre mère qui aimait l'idée d'être ballottée comme sur un radeau !

Décidément, le café fait effet.

— Papa, ce n'est pas ça. On a discuté avec maman et on aimerait...

— Maman n'a rien confirmé, intervient Ben, elle a dit qu'elle se rangerait à l'opinion de la majorité.

Je lui lance un regard noir. Avec pareil allié, pas besoin d'ennemi.

— On aimerait te soumettre une idée.

# Chapitre 10

Papa croise les bras.

— Ça a l'air sérieux.

— On se disait qu'il existe un moyen plus rapide que la voiture pour se rendre en Floride. Moins fatigant aussi.

— Ah, tu viens avec nous, finalement ? Je croyais que ce voyage ne t'intéressait pas ?

Mon père joue avec moi comme un chat avec une souris, mais je demeure en parfait contrôle de mes émotions.

— En fait, maman dit que si je viens, je ne serai pas obligée de vous accompagner tout le temps. Que je pourrai, à l'occasion, rester à l'appart' et profiter de la piscine. Ce ne sera pas comme si vous me laissiez sans surveillance à la maison, il y aura d'autres clients, un concierge, des employés, et vous ne seriez jamais très loin.

Papa se renfrogne.

— Autrement dit, tu veux bien faire le voyage, à condition que tu ne sois pas vue en notre compagnie. Ce n'est pas du tout ce que j'avais en tête.

Benjamin intervient avant que la discussion ne dérape.

— On a une proposition à te faire. Une proposition d'affaires.

# Chapitre 10

Papa pose une fesse sur le coin du bureau.

— Ça va, ça va, je vous écoute.

Ben et moi avons répété notre numéro. C'est lui qui prend la parole le premier pour accentuer l'impression que ce n'est pas seulement mon idée.

— On a beaucoup réfléchi et on pense que ce n'est pas juste de vous imposer nos disputes…

Je lui souffle un mot sur lequel il bute :

— … inévitables…

— Nos disputes inévitables, reprend-il. Qui a envie de faire trois jours de route avec deux enfants qui ne se supportent pas ?

— De manger en vitesse dans des fast-foods graisseux ?

— Ou de dormir dans des motels mal entretenus ? C'est pourquoi on exige…

— … propose…

— Oui, c'est ça, on vous propose une solution…

— … un autre choix, dis-je.

— Voilà.

C'est à mon tour de prendre la parole. J'explique à mon père les nombreux avantages qu'il y aurait à gagner la Floride par la voie des airs. À mesure que je livre mon argumentaire, son front se plisse de sillons. Ça aussi, je l'avais prévu.

— On est conscients que des billets d'avion coûteraient

plus cher qu'une dizaine de pleins d'essence, mais il y aurait moyen de faire des économies ailleurs.

Tandis que je poursuis mes explications, Ben brandit le tableau qu'il cachait dans son dos.

— On a calculé ce que coûte un trajet en voiture. En plus du carburant, il faut additionner le prix des motels et des restaurants où on va devoir s'arrêter, des cafés que toi et maman prendrez pour ne pas vous endormir au volant et des collations que vous nous achèterez pour qu'on vous fiche la paix. On a aussi estimé le prix des billets d'avion et même prévu un montant pour la location d'une voiture, une fois arrivés à destination.

— Sur cette ligne, tu vois ? indique Ben en pointant le bas de la grille.

Papa est visiblement impressionné par notre travail. Cependant, il nous fait remarquer que ce moyen de transport demeure quand même plus coûteux. Et que le trajet en avion étant moins long, nous ne serions plus obligés de manquer des jours d'école – une perspective qui nous ravissait. Ben retourne alors son carton et dévoile un deuxième tableau. Sur celui-ci, nous avons estimé les coûts d'un voyage non pas de douze jours (dont six sur les routes), mais de cinq jours, plus le temps de déplacement en avion.

— Si je comprends bien, résume papa, vous seriez prêts à abréger notre séjour ? À sacrifier une journée de plage ou de parc à thème afin de prendre l'avion ?

Ben et moi hochons la tête en même temps. Papa nous décoche un regard suspicieux.

— Et votre mère est au courant de votre démarche ?

— Elle a dit qu'elle se rangerait à l'opinion de la majorité, répète Ben.

Papa demeure un moment songeur.

— Merci, vous avez fait du beau boulot. Je vais y réfléchir.

Il reprend ses écouteurs tandis que nous quittons le studio. Ben est persuadé que nous avons échoué, mais je connais notre père depuis plus longtemps que lui. Quand il dit qu'il va réfléchir, cela signifie habituellement oui.

# Chapitre 11

## LUNDI 26 JANVIER 1998

NOMBRE DE JOURS SANS AMOUREUX :

37 (soupir)

TEMPÉRATURE EXTÉRIEURE :

–10 °C (l'hiver est revenu en force)

Le surlendemain, après l'école, nous sommes convoqués à un conseil de famille autour d'une raclette au fromage. J'aime bien ce genre de réunion où on tient compte de mon opinion. Au cours du repas, chacun fait valoir ses arguments, et Ben modifie son tableau pour y ajouter le prix des péages sur les routes américaines, des frais que même papa avait oublié de comptabiliser. Au dessert, nous passons au vote. Deux personnes se prononcent en faveur du plan initial, deux autres préfèrent voyager par la voie des airs. Il est facile de deviner nos allégeances. Devant l'impasse, je fais valoir que maman avait promis de se ranger dans le camp majoritaire.

— En réalité, il y a un vote pour l'automobile et deux pour l'avion. Maman s'est aussi prononcée, mais elle avait d'abord offert sa voix aux éventuels vainqueurs – en l'occurrence, les deux personnes qui ont opté pour l'avion. Le vote est donc en réalité de trois contre un.

Ma démonstration laisse papa pantois. Il se gratte le front, cherche un soutien auprès de son épouse, mais ne trouve dans son regard qu'une trace d'amusement. La démocratie est une des valeurs que mes parents chérissent le plus. Papa serait mal avisé de renverser ce vote simplement parce qu'il n'en approuve pas le résultat. Il dissout le conseil de famille en marmonnant que je devrais penser à devenir avocate plutôt qu'actrice.

Les jours suivants s'écoulent à un rythme d'enfer. D'abord, je dois nettoyer avec Rosalie la cour de l'école, à moitié gelée, de tous les mégots qui la polluent. Mon père, de son côté, après avoir étudié différentes cartes routières, passe maintenant ses soirées au téléphone à sonder les différentes compagnies aériennes desservant la Floride. Nous ne sommes pas la seule famille qui veut voyager durant les congés scolaires, et les prix sont exorbitants. Chez moi, l'argent n'a jamais été un sujet tabou. Papa nous dit souvent le prix des choses. Il nous a appris à comparer différents produits et à faire la différence entre ce qui nous fait envie et ce dont on a réellement besoin.

Mais depuis ce conseil de famille, le sujet de l'argent n'est plus évoqué que du bout des lèvres. Je remarque que les steaks ont fait place au jambon et que nous mangeons désormais des pâtes à toutes les sauces. Un soir, Ben rentre de l'école avec un trou sous le genou droit de son pantalon, et cela fait toute une histoire. Apparemment, mon frère voulait impressionner ses amis en skateboard. Je sais, nous sommes en janvier, mais le mercure n'arrête pas de jouer au yo-yo, et le peu de neige accumulée dans les rues de la métropole a vite fondu. Ce que Ben n'avait pas prévu, c'est que l'eau de pluie gèle, la nuit, quand le thermostat redescend sous zéro. Il a pris une sérieuse gamelle, mais s'en tire heureusement avec quelques contusions et un pantalon abîmé. Maman applique sur la déchirure un écusson aux couleurs de Totoro, le gentil monstre qui a bercé notre enfance. Mon frère tente aussitôt d'arracher la couture.

# Chapitre 11

— Mes amis vont rire de moi !

Maman lui fait comprendre qu'elle est en mode économie et qu'elle n'a ni les moyens d'acheter un nouveau pantalon ni le temps de courir les magasins en quête d'un *patch* qui ferait le bonheur de son garçon.

— Si tu n'es pas content, va à l'école en bermudas ! Mais prends garde de ne pas les déchirer eux aussi, parce que tu vas devoir aller en Floride en slips !

Ben ne soulève pas d'autres objections.

Un autre drame est évité de justesse quand maman annonce qu'elle a besoin d'un nouveau maillot de bain, une dépense imprévue qui fait évidemment râler mon père. Maman lui fait comprendre qu'il a intérêt à délier les cordons de sa bourse s'il ne veut pas dormir sur le canapé. Comme les accoudoirs tubulaires du sofa ne sont pas très confortables, maman revient de son shopping avec un maillot orné de motifs fleuris qui me rappellent la valise avec laquelle elle compte voyager. La même qu'elle avait utilisée lors de son voyage de noces ! J'aurais honte de traîner pareille relique défraîchie. Heureusement, Ben et moi avons hérité de deux petites valises noires qui appartenaient à mamie. Elles ne sont pas très *fashion*, mais plutôt discrètes et encore en bon état.

Alors que papa part chercher des renseignements au bureau des passeports, je commence à remplir ma valise de trucs essentiels : baume pour les lèvres, brosse à cheveux, t-shirts et shorts de toutes les couleurs. Maman insiste pour que je sélectionne aussi des vêtements longs pour les soirées fraîches. Si j'ajoute à mon attirail un pantalon cargo et un sweat à capuche, ma valise ne ferme plus. Je dois donc faire un tri. Pas facile de choisir entre deux jolies paires de sandales. Lorsque je parviens enfin à tirer la fermeture éclair, papa est de retour, plus bougon que jamais. Il s'est déplacé pour rien, grogne-t-il, un permis de conduire étant suffisant pour entrer aux États-Unis.

Le dernier samedi précédant notre départ, Marianne, Amélie et moi prenons le métro en direction du centre Eaton pour y faire les boutiques. Je suis en mission : il me faut à moi aussi un maillot de bain, ni trop aguichant ni trop ringard. J'aimerais dénicher un modèle comme ceux que portent les mannequins dans le *Sports Illustrated*, mais maman m'a bien avertie : si je reviens avec un bikini minimaliste, elle le retournera au magasin. J'ai prétendu que mes amies en ont toutes un (c'est faux) et que j'allais passer pour une demeurée dans un maillot comme le sien (c'est vrai), mais elle n'a rien voulu entendre.

Dans les boutiques, on dirait que je ne vois que des maillots deux pièces plutôt sexy. Marianne me propose d'ailleurs d'en essayer un pour le plaisir. Avec l'impression de défier l'autorité parentale, je me dirige vers une cabine, un bikini rouge à la main. Je déchante vite. Peut-être à cause de la lumière crue des néons, je trouve que ce minuscule maillot ne m'avantage pas du tout. Le mince tissu expose cruellement mon corps imparfait. Ma peau semble blanche comme celle d'un vampire, et j'ai des bourrelets partout où il n'en faut pas. La découverte d'un vilain bouton sur le coin de mon menton achève de me démoraliser. Je n'aurais peut-être pas dû manger autant de chocolat…

J'entrouvre la porte de la cabine et sors la tête. Mes amies fouinent à l'autre bout du magasin et me tournent le dos. Pas question d'aller les rejoindre en bikini, tout le monde pourrait me reluquer. N'arrivant pas à capter leur regard, je me résigne à me rhabiller et vais examiner d'autres modèles. Les maillots une pièce me semblent tous affreux. Qui a envie de ressembler à une citrouille dans un costume orangé ? Ou de porter des motifs tropicaux ridicules ? Jamais une nageuse olympique n'a été vue avec des hippocampes sur le corps. Sur un autre présentoir, je trouve des modèles avant-gardistes. L'un est fait de mailles savamment entrelacées, l'autre est littéralement déchiré sur sa largeur, comme si un tigre y avait planté ses griffes. Pouah ! Moi, j'ai juste envie de quelque chose de cool, sans nénuphars ni couleurs qui donnent mal au cœur. Est-ce trop demander ?

Percevant ma détresse, une vendeuse s'approche de moi.

— Besoin d'aide ?

Je hoche la tête. Au même moment, une cliente sort d'une cabine d'essayage. Elle a enfilé un bikini microscopique. Tandis qu'elle balance ses hanches devant un grand miroir, je me surprends à lui trouver une ressemblance avec Claire Danes. Hum, vous avez deviné, je suppose ?! Eh oui, c'est bien elle, Steffi la hyène. Je serre les poings, retourne dans ma cabine et m'effondre sur le banc. Je ne suis pas de taille ; à quoi bon lutter contre cette échalote ? Je n'en achèterai pas de maillot, voilà tout ! Et je ne flirterai pas en vacances ! Je vais rester en survêtement sur la plage, comme ça, pas de risque d'insolation !

On frappe contre la cloison.

— Lili-Rose ? T'es là ? Ça va ?

Les filles sont de retour. Elles m'ont déniché des maillots deux pièces dont le haut est conçu à la manière d'un débardeur. Ça a du potentiel. J'en enfile un, rayé rouge et blanc. Mes amies me pressent de sortir de la cabine pour leur montrer de quoi j'ai l'air. Je leur demande :

— Il n'y a pas d'autre cliente ?

— Si tu parles de Steffi, elle vient de partir.

J'écarte le battant. Mes amies ont tôt fait de me complimenter.

— Wow !

— Lili, tu es superbe !

On aperçoit mon ventre lorsque je lève les bras, mais autrement, ma silhouette n'a rien de provocant. J'ai cependant l'impression d'être déguisée en sucre d'orge. Le deuxième maillot, jaune pâle, accentue mon teint blême. Le troisième me plaît davantage, avec sa couleur rose bonbon.

— On te l'offre, annonce Amélie.

— Que voulez-vous dire ?

— On en a discuté… et pour être certaine que tes parents ne feront pas une scène, tu leur diras que c'est un cadeau de notre part, explique Marianne.

— Et un cadeau, ça ne se refuse pas, renchérit Amélie en affichant un large sourire. Prends ça comme une avance sur ton prochain anniversaire.

Je ne sais pas quoi penser. Je suis tellement étonnée de leur geste, j'en ai les larmes aux yeux.

# Chapitre 11

— J'ai les meilleures amies du monde !

— Tâche de t'en souvenir quand tu feras les boutiques floridiennes, me lance Amélie avec un clin d'œil.

Je promets de leur rapporter un petit souvenir. À Justine et à Rosalie aussi.

Croyez-le ou non, mon achat reçoit l'approbation de tous les membres de ma famille. Même Benjamin me fait un compliment. Mon père, lui, est ravi que je lui rapporte l'argent qu'il m'avait confié ; il suggère d'inviter mes copines à manger pour les remercier de leur générosité.

Je vais ranger ma nouvelle acquisition dans ma valise. Je suis enfin prête, nous pouvons partir.

# Chapitre 12

## LUNDI 2 MARS 1998

**NOMBRE DE JOURS SANS AMOUREUX :**

72 (je n'embrasserai jamais plus personne, c'est évident)

**TEMPÉRATURE EXTÉRIEURE :**

–12 °C (l'hiver s'étire encore et encore)

Nous nous sommes levés tous les quatre à trois heures ce matin. Le temps de boire un jus d'orange pour Ben et moi, une tasse de café brûlant pour mes parents, et nous voilà en route pour l'aéroport. Il faut cependant revenir sur nos pas après avoir roulé une centaine de mètres, car j'ai oublié mes tampons. Comment survivre sans eux ? Papa fait demi-tour sans râler. Puis, comme nous quittons le quartier, je me rappelle que j'ai aussi laissé ma brosse à dents sur le coin du lavabo. Là, je crois bien que mon père va s'énerver, mais il dit que rien ne pourrait gâcher sa journée, qu'il suffira de m'en acheter une nouvelle à la boutique hors taxes. Heureusement, ajoute maman, nous avons de l'avance, et ça roule bien à cette heure. C'est vrai, les rues de la métropole sont pratiquement désertes, hormis une voiture qui se range brusquement devant nous. Un jeune homme émerge côté passager, titube brièvement et vomit sur le pavé. Je grimace de dégoût. Quel est l'intérêt de boire de l'alcool au point d'en être malade ?

La tête appuyée contre la vitre de la portière, j'observe les lumières de la ville, les panneaux d'affichage, les rideaux tirés devant les fenêtres des maisons. Comme c'est étrange d'être éveillé quand presque tout le monde dort...

# Chapitre 12

De son côté, Benjamin est plongé dans un album d'*Astérix*. Il s'éclaire d'une lampe de poche, indifférent au monde qui l'entoure.

Bientôt, nous nous engageons sur l'autoroute. Maman glisse une cassette dans le lecteur de l'auto, et une complainte de Francis Cabrel emplit l'habitacle. À une heure aussi matinale, c'est une véritable torture pour mes oreilles. Heureusement, j'ai avec moi mon baladeur. Je n'ai toutefois pas emporté l'enregistrement de Rosalie, car je ne suis pas certaine de le réécouter régulièrement. Ce n'est pas ce genre de musique que j'aime fredonner, je trouve que ça manque de joie de vivre, d'insouciance aussi. Je préfère une musique pop aux sonorités colorées correspondant mieux à ma personnalité.

Comme nous arrivons en vue de l'aéroport de Mirabel, je range mes écouteurs.

La musique de Cabrel a fait place aux grognements de mon père.

— Quelle idée de construire un aéroport au milieu d'un champ de maïs ! Quelle image est-ce que nous offrons aux voyageurs qui débarquent ici en pensant que Montréal est une métropole moderne ?

Papa s'engage dans un embranchement menant au parking, entièrement désert. Même les lumières de la tour de contrôle sont éteintes. Seuls deux avions-cargos, immobilisés au bout d'une piste, génèrent un peu d'activité humaine. Papa se gratte la tête.

— Je ne comprends pas...

— Vous êtes certains qu'on est au bon endroit ? demande Benjamin.

# Chapitre 12

Je lève les yeux au ciel. Papa s'exclame:

— Tu as raison, mon grand! J'ai complètement oublié que les vols internationaux ont été transférés en septembre dernier de l'aéroport de Mirabel à celui de Dorval!

Rageant contre sa propre étourderie, papa effectue un virage à cent quatre-vingts degrés qui laisse une marque fumante sur le bitume et reprend l'autoroute en sens inverse.

— On retourne en ville, maugrée-t-il. Mais ça va, on a encore le temps. S'il n'y a pas trop de trafic sur le boulevard Métropolitain, on pourra même avaler un autre café.

— J'éviterais de passer par là, Charles, il y a des constructions tous les trois cents mètres…

— Qu'est-ce que tu proposes, Claire ?

Quand mes parents s'appellent par leur prénom, c'est signe qu'ils sont tendus. Maman ouvre la boîte à gants et déploie sur ses genoux une carte routière.

— Tu pourrais prendre la route 19, suggère-t-elle.

— Tu plaisantes ? Ça va nous mener sur l'avenue Papineau, alors qu'on doit aller vers l'ouest ! Et avec tous les feux rouges, on n'y sera pas avant demain !

— Alors, rattrape la 13.

# Chapitre 12

— Ça nous fera passer par Laval, et tu sais à quel point je trouve cette ville déprimante.

— On ne veut pas y acheter une maison, seulement la traverser !

Et c'est comme ça durant quarante-cinq minutes, papa et maman étant tous deux convaincus de connaître le meilleur chemin. Imaginez supporter ça pendant trois jours...

Nous parvenons à l'aéroport de Dorval à peine quarante minutes avant l'heure du départ. Ça n'empêche pas papa de retourner sur ses pas pour vérifier si les portières de la voiture étaient bien verrouillées (elles l'étaient). Il soupire lourdement en découvrant combien le parking va lui coûter. Et lorsque le préposé au comptoir d'embarquement lui facture un supplément pour l'enregistrement de nos bagages – qui sont trop lourds ! –, une veine saillit sur son front. Papa balance au visage de l'employé sa carte de crédit, et nos bagages filent sur un tapis roulant. Nous n'avons malheureusement plus le temps de passer par la boutique hors taxes. Maman promet de m'acheter une brosse à dents une fois arrivés à destination.

Tandis que nous nous présentons à la porte d'embarquement, une voix nasillarde annonce dans un haut-parleur que notre vol est retardé. Tous ceux qui, comme nous, faisaient la queue retournent donc s'asseoir dans la salle d'attente. Papa râle de plus belle. Voyant deux distributeurs de friandises, je quête deux dollars à ma mère. Benjamin m'emboîte le pas. Un pilote en uniforme est adossé à une des machines et discute à voix basse avec une hôtesse de l'air. Tandis que j'hésite entre deux paquets de chips, le nom de notre destination parvient à mes oreilles. Je lance un regard oblique au pilote. Apparemment, le moteur de notre appareil a une avarie, et la pièce de rechange sera acheminée sur un vol en provenance de Toronto.

Ben et moi retournons informer nos parents de ce développement. Papa soupire à nouveau et va se chercher un autre café.

— On aurait dû prendre l'auto, rouspète-t-il en revenant avec un gobelet fumant. D'abord, c'est moins dangereux.

— Ce n'est pas vrai, Charles, tu le sais bien.

— Ce retard va nous faire rater l'activité que j'avais programmée cet après-midi !

— Au moins, ils se sont rendu compte du problème avant qu'on décolle.

Je remets mes écouteurs pour ne plus entendre leur chamaillerie. La salle d'attente se vide peu à peu des voyageurs appelés vers d'autres destinations. Dans mes oreilles, Céline Dion prétend que les derniers seront les premiers. J'espère qu'elle a raison et qu'on nous transférera dans un appareil supersonique.

Notre vol, d'abord prévu pour six heures du matin, est finalement repoussé à dix heures trente. Lorsqu'il nous est enfin permis d'embarquer, mon père est au bord de la crise de nerfs. Par l'étroite fenêtre de la passerelle, j'aperçois le fuselage de l'avion. Blanc, immense, on dirait un noble oiseau. Une fois dans l'habitacle, j'ai pourtant l'impression d'étouffer. C'est à peine s'il y a suffisamment d'espace pour circuler. En gagnant mon siège, je jette des regards à la ronde. Maxime n'est pas parmi les passagers. J'avais peut-être raison de penser qu'il a inventé toute cette histoire pour m'exaspérer. À moins qu'il ne soit sur un autre vol ? Ou qu'il ne se rende en Floride en voiture ? Je secoue la tête. Pas question de gâcher mes vacances en ruminant des pensées toxiques.

Je m'assois près d'un hublot, et papa prend place à ma gauche, tandis qu'un homme corpulent occupe le siège au bord de l'allée. Notre voisin s'endort avant même que nous soient communiquées les consignes de sécurité. Benjamin et maman sont assis deux rangées devant la nôtre. Une hôtesse nous montre comment déployer les minces gilets de sauvetage glissés sous nos sièges. Ça n'a rien de rassurant, parler d'écrasement avant même que nous décollions. Si cet avion explose en plein vol ou s'il plonge au milieu de l'océan, j'ai bien peur que ces gilets de sauvetage ne nous soient d'aucun secours. Tandis que l'hôtesse de l'air répond aux questions des passagers, je m'imagine à sa place. Ça doit être chouette de visiter plein d'endroits exotiques au gré des escales. A-t-elle un copain dans chaque capitale ?

Au bout d'un moment, les lumières s'éteignent, les moteurs grondent, et l'appareil va se positionner en bout de piste. Je suis anxieuse : je n'ai jamais volé, je ne sais pas à quoi m'attendre. Je prends dans mon sac à dos mon précieux carnet, en déverrouille le petit cadenas et amorce une liste de prénoms américains attirants.

# Chapitre 12

Papa souhaitait que nous fassions nos devoirs dans l'avion, pour ne pas prendre de retard sur nos camarades, mais maman a imposé son veto. Pas question que nous utilisions notre temps de vacances pour corriger des problèmes de maths, a-t-elle tranché. Ben et moi étions bien d'accord.

Enfin, l'appareil s'élance. Plaquée au fond de mon siège, je serre très fort les accoudoirs en priant toutes les étoiles de Hollywood de veiller sur nous. Les roues quittent le bitume, et je risque un coup d'œil par le hublot. Les bâtiments ont déjà l'air de jouets. Papa m'offre de mâcher du chewing-gum pour déboucher mes oreilles ; je m'empresse d'en prendre deux. L'île de Montréal disparaît bientôt derrière une épaisse couche de nuages, puis nous émergeons dans un ciel d'un bleu limpide où brille un soleil radieux. Une mer de ouate blanche s'étale sous les ailes de l'appareil.

Au bout d'un moment, les écrans accrochés au plafond s'allument. Chouette ! On y passe mon film préféré ! Je connecte aussitôt mes écouteurs à la prise dans l'accoudoir. La qualité de l'image est médiocre, le son aussi, mais le temps que Rose et Jack se disent adieu sur leur radeau de fortune, notre avion amorce déjà sa descente.

Par le hublot, je découvre un paysage totalement différent de celui que j'ai laissé derrière moi. Les pins enneigés ont fait place aux palmiers. L'océan Atlantique s'étire à perte de vue le long d'une bande de sable blond bordée de complexes hôteliers et de quartiers résidentiels. La trajectoire de l'appareil dessine bientôt une large courbe, Orlando étant situé au centre de la Floride. À mesure que nous perdons de l'altitude, je repère des piscines, des terrains de football et des parcs. Commence alors la dernière phase d'approche. Le nez face au vent, l'avion est secoué par de fortes turbulences. Je m'agrippe de nouveau à mon siège, et mes jointures deviennent blanches. Papa me sourit, mais il a le teint vert. Au gré des trous d'air, mon estomac fait des roulis. Je commence à envisager d'attraper le gilet de sauvetage sous mon siège lorsque les roues de l'appareil touchent enfin le tarmac. Je pousse un long soupir de soulagement, et bon nombre de passagers applaudissent le pilote.

— J'aimerais que mes élèves célèbrent ainsi la fin de chacun de mes cours, me glisse papa, mi-figue mi-raisin.

Tandis que l'appareil roule doucement vers le terminal, une hôtesse nous prévient qu'il fait plutôt frisquet à l'extérieur. Je suis quand même ravie de ces seize degrés Celsius. C'est déjà mieux que le climat polaire dans lequel je me suis réveillée ce matin.

# DEUXIÈME PARTIE

# Orlando

# Chapitre 13

## ENCORE LUNDI 2 MARS 1998

**NOMBRE DE JOURS SANS AMOUREUX :**

quasiment incalculable…
Pas de prince charmant dans l'avion…

**TEMPÉRATURE EXTÉRIEURE :**

16 °C (un contraste de
28° avec ce matin !)

Notre vol n'a duré que trois heures, mais tous les passagers, impatients, veulent sortir de l'avion en même temps, comme s'il y avait le feu dans la soute à bagages. Quelqu'un manque de m'assommer en tirant un sac du compartiment au-dessus de nos têtes, et je me retrouve par terre entre deux sièges. J'entends ensuite Benjamin gémir, puis maman pester tout haut, et je me dis qu'eux aussi ont dû être bousculés. Je préfère me rasseoir et attendre la fin de la cohue.

Par un hublot, j'aperçois des employés qui extirpent les bagages du ventre de l'appareil. À voir comment ils les empilent sur le chariot motorisé, je crains que la malle de mes parents n'implose. Au bout d'un moment, je détourne les yeux et constate que je suis la dernière passagère. Je remonte l'allée prestement et salue le pilote à l'entrée du cockpit. Par l'interstice entre l'appareil et la passerelle du terminal me parvient une brise chaude et parfumée. Je longe ensuite un long couloir et débouche dans un hall bondé de gens affublés de sandales, de chapeaux de paille et de chemises aux couleurs criardes. Je contourne un groupe scolaire survolté, cherche dans cette foule mes parents, appelle mon frère, mais n'aperçois aucun visage familier. Je me rappelle alors que Benjamin et maman se sont lamentés dans l'avion. Seraient-ils blessés ? Partis pour l'hôpital ? Non, je m'affole sans doute pour rien, j'ai dû les doubler sans m'en rendre compte. Je retourne à l'entrée de la passerelle et me heurte à une porte close. Citron de citron ! Je suis perdue. Seule, dans l'aéroport d'une ville étrangère. Ce n'est pas le genre de scénario dans lequel j'ai envie de jouer. Sentant mes jambes défaillir et ma vue se voiler, je m'assois par terre, dos au mur, mon sac entre les jambes. Je prends de grandes inspirations, sentant des sanglots monter. Pour les étouffer, je me lance dans la confection d'un nouveau palmarès.

**LISTE DES MÉTIERS QUE J'AIMERAIS EXERCER**

1. Actrice au cinéma ou à la télévision
2. Créatrice de costumes de scène
3. Professeure de théâtre
4. Hôtesse de l'air
5. Agente de voyages

J'ai tellement faim, je dévorerais une poutine format « travailleur de la construction ». Je scrute à nouveau la foule qui m'entoure. J'ai beau me plaindre parfois que je suis invisible à leurs yeux, mes parents n'ont pas pu m'abandonner, c'est impossible. Je dois demeurer rationnelle et optimiste. Allez, hop ! Une nouvelle liste ! J'opte cette fois pour mes trames sonores favorites. Le nom de John Williams revient souvent. J'amorce ensuite un palmarès de mes chansons de film préférées, mais m'arrête à mi-chemin en réalisant que plusieurs ritournelles sont tirées de dessins animés de Disney. Combien de temps est-ce que je demeure assise dans mon coin ? Dix minutes ou une heure ? Impossible de le dire : ma bague-montre est dans ma valise. Chose certaine, je ne peux pas rester ici indéfiniment. Et si je demandais l'aide d'un agent de sécurité ? Tandis que je range mon calepin, des voix familières parviennent à mes oreilles. Le cœur papillonnant, je vois papa et Benjamin surgir des toilettes dissimulées à l'angle du couloir. Quelques secondes plus tard, maman paraît à son tour. Ses vêtements et ses cheveux sont trempés. Je me relève d'un bond et cours les rejoindre.

> — Ah, ma chérie ! s'exclame ma mère en me faisant l'accolade. Tu devais être morte d'inquiétude !

Je m'extirpe aussitôt de ses bras. Elle sent le savon et… l'égout ? Maman m'explique que Ben n'a pas supporté les turbulences et qu'il a vomi sur elle. Elle s'est donc empressée d'aller se rafraîchir, tandis que papa accompagnait aux toilettes mon frère encore pris de haut-le-cœur.

Je leur fais la gueule pour la forme, car ils auraient pu me prévenir de la situation. Mais au fond, je suis drôlement soulagée de les retrouver. Nous nous rendons jusqu'à de grands tapis roulants métalliques sur lesquels défilent déjà des dizaines de valises aux couleurs variées. Bing ! Bang ! D'autres bagages apparaissent sur le convoyeur. Mal fermé, l'un d'eux s'ouvre en grand, dévoilant les dessous affriolants de sa propriétaire. Le visage cramoisi, la pauvre se dépêche de les camoufler. J'aperçois bientôt l'affreuse valise de mes parents. Incroyable ! Elle a survécu au voyage ! Papa l'empoigne et s'éloigne de quelques pas. Peu après, Benjamin récupère la sienne à son tour. Je garde un œil sur le tapis, l'autre sur les membres de ma famille. Quand tous les bagages ont été récupérés, le témoin lumineux s'éteint, et le convoyeur s'immobilise. Oh, non ! Ma valise est vraisemblablement partie pour une autre destination !

— On va avertir la compagnie aérienne, me console maman. Je suis certaine qu'elle sera rapidement réacheminée à l'hôtel.

# Chapitre 13

— Mais en attendant, je n'aurai rien d'autre à me mettre que les vêtements que je porte ! Et regarde leur état ! Ils sont tout froissés et sentent même un peu le vomi !

— On t'achètera des vêtements de rechange, ne t'en fais pas.

Après avoir rempli un formulaire de réclamation, papa nous guide vers une zone sécurisée. Même si le passeport n'est pas exigé, il nous faut montrer patte blanche avant d'entrer en territoire américain. Comme maman se débrouille mieux que papa en anglais, c'est elle qui explique au douanier la raison de notre séjour. Une fois ces formalités terminées, nous montons à bord d'un monorail qui nous emporte vers le cœur de l'aéroport. Par les baies vitrées, j'aperçois d'autres avions qui s'apprêtent à se poser. Je souhaite à leurs passagers que les turbulences se soient apaisées.

La navette s'immobilise, et ses portes s'ouvrent en grand sur une cour intérieure recouverte d'un plafond de verre laissant entrer une abondante lumière. Des fauteuils en osier sont disséminés autour d'une fontaine, et j'aperçois même des arbres dont les branches s'élèvent vers les balcons d'un grand hôtel qui surplombe l'ensemble. Aux extrémités de cette cour s'étirent des allées marchandes abritant de nombreux restaurants, cafés, boutiques et banques. Je lance à mon frère :

— Ce n'est pas un aéroport, c'est une ville !

Mais Ben n'est plus à mes côtés. Il a repéré un commerce offrant une tonne de peluches et de jouets. Nous le rattrapons à grandes enjambées. Benjamin paraît déboussolé par l'abondance de couleurs et de textures. On dirait un diabétique dans un magasin de bonbons ! Il court d'un étalage à l'autre et tâte tout ce qui lui tombe sous la main. Papa lui explique qu'il serait préférable de conserver ses économies, car le voyage ne fait que commencer. Ben en convient à contrecœur. Quelques instants plus tard, papa doit à nouveau faire preuve de diplomatie alors que nous passons devant une boutique du studio de cinéma Universal.

— C'est Bart Simpson ! s'écrie Ben. Et il est de ma taille ! Je peux l'acheter ?

Benjamin se met à genoux, les mains jointes en prière, mais papa demeure inflexible.

— Charles, donne-moi ta carte de crédit, intervient maman.

Mon père esquisse une grimace.

— Qu'est-ce que Ben va faire de ça ? Un *punching bag*, peut-être ?

— Je ne veux pas lui acheter une peluche, mais habiller ta fille, rétorque ma mère.

— Oh, tu sais, la valise pourrait être retrouvée, et…

Le regard que maman lance à mon père fait taire ce dernier. Elle et moi allons manger un bout et faire quelques courses pendant que les garçons se dirigent vers un bar sportif présentant les faits saillants de plusieurs parties de basketball sur une demi-douzaine d'écrans. Lorsque nous les retrouvons, deux heures plus tard, nos bras sont chargés de sacs arborant les logos de marques célèbres. Maman a troqué son haut qui sentait le vomi contre un nouveau débardeur, et j'ai une tonne de nouveaux vêtements, incluant un maillot semblable à celui que mes amies m'ont offert. Je porte une robe légère sur laquelle sont brodées de minuscules pastèques et j'ai glissé mes pieds dans des sandales de cuir. J'ai l'impression de revivre, de reprendre ma destinée en main. Comme Rose, l'héroïne de *Titanic*, qui se sentait elle aussi incomprise et doutait de son avenir, mais qui a choisi de mordre dans la vie à pleines dents. C'est un bon modèle, je pense.

— Notre budget pour les imprévus est déjà épuisé, maugrée papa en détaillant les factures.

— Cesse donc de râler, espèce d'ours mal léché, ce n'est pas la faute de ta fille si sa valise a été mal étiquetée lors du triage à Dorval. Peut-être que si tu n'avais pas été aussi désagréable, le préposé aurait fait son travail correctement.

Papa continue de grommeler, mais ce n'est qu'une façade. Il joue un rôle, celui du bon parent responsable. S'il disait oui à toutes mes envies, s'il cédait devant chaque caprice de Ben, jamais nous n'aurions pu nous offrir ces vacances.

# Chapitre 14

## ENCORE LUNDI 2 MARS 1998
(C'EST UNE TRÈS LONGUE JOURNÉE)

NOMBRE DE JOURS SANS AMOUREUX :

situation évidemment inchangée

TEMPÉRATURE EXTÉRIEURE :

18 °C

Chargés comme des mulets, nous dévalons une série d'escaliers mécaniques et rejoignons l'agence de véhicules de location située à l'aéroport.

— Au retour, souvenez-vous de cet endroit, lance papa. Terminal B, niveau 1.

Tandis que mes parents discutent avec un employé, Ben et moi examinons les différents modèles de voitures à louer. Quelle marque papa a-t-il réservée ? Mon frère aimerait une voiture comme celle pilotée par James Bond dans le film GoldenEye ; moi, je mise sur une fourgonnette ennuyeuse à conduire, mais suffisamment spacieuse pour nous loger tous les quatre avec nos bagages. En fin de compte, nous avons tout faux. Homme de compromis, papa nous fait monter dans une Ford Contour bleu marine. Je songe avec un pincement au cœur que si Maxime était avec nous, il parlerait avec enthousiasme de cette voiture typiquement américaine, de son moteur six cylindres et de sa transmission à cinq vitesses. Mais Max n'est pas ici, et il ne s'assoira plus jamais sur la même banquette que moi. Je m'empresse de chasser ces idées noires en me rappelant la leçon d'Oasis : *Don't Look Back in Anger*.

# Chapitre 14

Tandis que papa s'installe derrière le volant, maman déploie sur ses genoux une carte routière de l'*Orange County*. J'entrouvre ma fenêtre pour m'imprégner de l'air ambiant. Mes narines sont assaillies d'odeurs de bitume, de gazon fraîchement coupé, d'écorce d'orange et d'un je-ne-sais-quoi d'épicé. Il n'y a pas la moindre montagne ou colline à l'horizon, le relief de la Floride est très plat. Je suis fascinée par les nombreux palmiers qui jalonnent l'autoroute et par les oiseaux blancs, dotés d'un long bec, perchés sur des panneaux publicitaires. Ça change des goélands qui piaillent dans les parcs de Montréal. Les commerces aussi sont différents. Tous ces Sunshine Motors, Orlando's Best Deals, Florida's Storage et autres *marketplaces* me donnent l'impression d'être débarquée sur une autre planète.

Comme il faut rouler une bonne heure pour gagner la côte Est, je fouille mon sac à dos en quête d'une musique appropriée. Je glisse dans mon lecteur un disque de hip-hop aux sonorités estivales, mais après quelques notes, les piles rendent l'âme. C'est embêtant. J'en ai bien apporté d'autres, mais pour ce que j'en sais, elles sont en route vers Boston ou Anaheim. Je me tourne vers mon frère, penché sur son Game Boy.

— Tu me prêtes tes piles, après ta partie ?

— Non.

— Allez, sois gentil. Tu as tapoté sur ta console tout le temps qu'on attendait à l'aéroport !

Ben secoue la tête avec véhémence. Inutile d'insister, d'autant plus que l'inévitable se produit peu après.

# Chapitre 14

— Ah, non ! J'allais battre mon record à Tetris ! Maman, tu as des piles de rechange ?

— Oui, dans ma valise.

— Papa peut s'arrêter sur le côté, le temps que je les prenne ?

— Il n'en est pas question, réplique celui-ci. S'immobiliser en bordure d'une autoroute est interdit. Les lois sont sévères ici, je n'ai pas envie d'avoir une contravention, ces vacances me coûtent déjà suffisamment cher.

— Ah, ne recommence pas ! le gronde maman.

— Je peux me détacher, alors ? propose Ben. Si j'abaisse mon

siège, je pourrais accéder
à la valise et…

Maman se retourne vivement.

— Il n'en est pas question !
On roule à plus de cent
kilomètres à l'heure !

Je ne peux m'empêcher de souligner qu'aux États-Unis, on calcule en miles. Maman me fusille du regard.

— Quoi ? C'est vrai !

— Ben, tu restes attaché
tant qu'on roule.

Pour passer sa frustration, mon frère me décoche un coup de pied.

— Aïe ! Je ne t'ai rien fait,
moi !

# Chapitre 14

— Donne-moi les piles de ton discman.

— Elles sont vides. Et même si ce n'était pas le cas, tu devrais d'abord me crever les yeux pour espérer les avoir.

Benjamin m'administre un second coup de pied.

— Maman ! Dis à ce débile d'arrêter de me faire mal !

— Je ne t'ai même pas touchée !

— Je vais avoir un bleu épouvantable ! Je n'oserai plus me montrer en maillot ! T'es trop con !

Papa appuie brusquement sur les freins en se rangeant sur le côté et tourne vers nous un visage écarlate.

— Le prochain qui dit un mot, je le renvoie au Canada dans un conteneur !

Comme nous ouvrons la bouche pour protester, des gyrophares apparaissent dans le rétroviseur. Une voiture de la *State Patrol* s'immobilise derrière notre véhicule. Un policier en descend et s'approche d'un pas pesant. Il arbore une moustache comme celle d'Albert Einstein. Papa déglutit péniblement et abaisse sa vitre.

— *Is there a problem, officer*[4]?

Nous n'avons écopé d'aucune amende. Le patrouilleur s'est avéré plutôt

4) Y a-t-il un problème, monsieur l'agent ?

sympathique. Quelques questions de routine lui ont permis de constater que mon père n'a pas un grand sens de l'orientation. Surtout lorsque les indications sont en anglais. Plutôt que de prendre la route 528 en direction est pour rejoindre ensuite la route 520, papa roulait vers l'ouest. Sans ce brave policier, nous aurions probablement abouti à Tampa. Gêné de sa méprise, papa a affirmé que son épouse ne savait pas lire une carte. Maman est sortie de l'auto en furie et a obligé son mari à changer de place avec elle. Le policier se tenait les côtes tant il riait. Il a proposé de nous escorter jusqu'au bon tronçon, ce que maman a accepté avec un sourire. Papa a gardé le silence le reste du trajet.

Ce n'est donc qu'en début de soirée que nous arrivons enfin à destination. Le complexe est composé de plusieurs appartements disposés de part et d'autre d'un grand bâtiment en forme de phare où se trouvent le comptoir d'accueil et le restaurant. De bonnes odeurs de grillades me rappellent que nous n'avons pas encore dîné. Après s'être entretenue avec le concierge, maman nous annonce que nous avons hérité de l'appartement numéro treize. Papa attrape nos valises et s'éloigne d'un pas vif en grommelant que ce numéro porte malheur. Je l'ai rarement vu aussi acariâtre, ces vacances lui feront le plus grand bien. Tandis que nous nous partageons les autres sacs, je repère sur ma droite un petit salon dont les larges fenêtres donnent sur l'océan.

— Chouette, il y a une table de ping-pong ! s'exclame Ben. Et une autre de baby-foot ! On fera une partie, d'accord ?

Cela me plairait, mais j'ai encore en mémoire ses coups de pied. Je me contente de hausser les épaules.

# Chapitre 14

À l'extérieur du bâtiment, une galerie couverte mène aux différentes suites. Papa patiente devant le numéro treize. Pour la première fois depuis notre départ, son visage s'éclaire d'un large sourire.

— Tu n'entres pas ? s'inquiète maman en voyant la porte entrouverte.

— Je préférais vous attendre.

Il écarte le battant et dévoile une scène d'horreur. L'endroit semble avoir été décoré dans les années 1970. Les murs sont couverts d'une tapisserie orangée aux motifs abstraits, et la moquette verte est tachée à plusieurs endroits. Une affreuse odeur de poussière et d'humidité assaille mes narines. Entre le coin salon et la kitchenette équipée d'appareils antiques, il n'y a que l'espace nécessaire pour y mettre une petite table de mélamine, quatre chaises bancales et une patère rappelant vaguement une ancre.

— C'était plus joli sur les photos de l'encart publicitaire, reconnaît maman.

— Attendez, vous n'avez pas tout vu.

Papa nous conduit à la plus vaste des deux chambres, qui compte pour mobilier un lit, une étroite commode et une table de chevet. La couette d'un jaune vif est ornée de coquillages multicolores.

Je ne peux m'empêcher de m'exclamer :

— C'est encore plus laid que votre valise !

Papa s'esclaffe et nous guide vers la deuxième chambre, minuscule celle-là, avec un lit en forme de barque qui échoit évidemment à Benjamin. Quant à moi, je dois me contenter du canapé-lit.

— C'est une blague, n'est-ce pas ? dis-je le plus calmement possible. On ne va pas vraiment passer une semaine ici ? Regardez-moi cette télé, je parie qu'il faut déplacer ses antennes pour capter une chaîne locale !

Papa retient un autre fou rire et nous invite à finalement découvrir la salle de bain. Je manque m'évanouir en apercevant le bain sur pieds, du même rose que la cuvette des toilettes et le lavabo.

— Ce n'est pas Le Reine Elizabeth, j'en conviens, glisse maman, mais on va seulement dormir ici. La majeure partie de nos journées se dérouleront à l'extérieur, on a plein d'activités prévues.

Moi, au contraire, je comptais passer le plus clair de mon temps à l'appart'. Il ne me reste plus qu'à espérer que la piscine ne soit pas envahie d'algues ou de crapauds.

Maman nous chasse de la salle de bain et file sous la douche pour évacuer les derniers effluves de vomi.

— Bonne nouvelle, il y a de l'eau chaude ! lance-t-elle en ressortant quelques minutes plus tard.

J'ai le moral et l'estomac dans les talons. Nous allons nous ravitailler au buffet de l'établissement. À cette heure, les présentoirs sont presque entièrement dévalisés, mais il reste heureusement de la pizza tiède. J'en engouffre deux parts avec un grand verre de coca.

# Chapitre 14

## PALMARÈS DE MES METS PRÉFÉRÉS

1. Poutine
2. Pizza au fromage
3. Macaronis au fromage
4. Pâté chinois[5]
5. Lasagne aux légumes

Après le repas, mes parents vont s'enquérir auprès du concierge s'il serait possible de changer d'appartement. Apparemment, toutes les chambres sont occupées. Une suite fraîchement rénovée nous avait été dévolue, mais comme nous avons modifié les dates de notre

5) Plat typique du Québec composé de purée de pommes de terre, de viande hachée et de maïs superposés, à la façon d'un hachis parmentier.

séjour en choisissant de prendre l'avion, elle a été attribuée à une autre famille. Tandis que mes parents parlementent avec l'employé pour obtenir un rabais, Ben et moi allons explorer la plage. Le soleil a disparu à l'horizon, et le ciel s'est constellé d'étoiles. La mer, toute proche, pique nos nez d'odeurs salines. Nous passons plusieurs minutes à la contempler, émerveillés par le roulis des vagues. Au bout d'un moment, Ben me donne un petit coup de coude.

— Avoue-le, la neige ne te manque pas, hein ?

— C'est clair. Malgré l'affreux papier peint, on est privilégiés d'être ici. Mais ne va surtout pas le répéter !

Ben sourit.

— Je préfère la Lili-Rose ricaneuse.

# Chapitre 14

Je lui ébouriffe les cheveux.

— Moi aussi, petit morveux. Moi aussi.

Poursuivant notre exploration, nous découvrons à l'arrière de l'hôtel un court de tennis ainsi qu'un terrain de volleyball. Un peu plus loin, guidés par des bruits d'éclaboussure, nous repérons une piscine creusée ceinte d'une clôture sur laquelle grimpent des rosiers. Des jeunes qui ont l'air d'avoir à peu près mon âge jouent à *Marco Polo*. C'est prometteur.

— Regarde, Ben, il y a une pataugeoire. Parfait pour toi !

Mon frère me tire la langue. Tandis que nous nous éloignons, mon regard accroche celui d'un garçon assis sur le bord de la piscine. Il a des cheveux blonds bouclés comme la laine d'un mouton et il me sourit. Je lui retourne la faveur, mais je ne peux guère m'attarder.

En longeant un sentier éclairé par de jolies lanternes, nous retrouvons l'entrée du phare. Voyant un présentoir garni de cartes postales, j'ai une pensée pour ma grand-mère. Personne n'ira la voir cette semaine ; elle risque de trouver le temps long. La dernière fois que je lui ai rendu visite, mamie m'a confié qu'elle rêvait d'aller en Floride quand elle avait mon âge. Ses parents n'en avaient cependant pas les moyens. Une fois mariée, elle a renoncé à voyager, car mon grand-père avait le mal des transports. Je ne sais pas si c'est papa qui lui a demandé de me raconter ça, mais je me rappelle m'être sentie un peu ingrate de ne pas apprécier la chance que mes parents m'offraient de voyager avec eux, même si ce n'est pas la destination la plus exotique au monde.

Je décide de lui acheter une carte postale. Si je la lui poste aujourd'hui, elle devrait lui parvenir avant notre retour. Ben opte pour une plage de sable blond sur laquelle repose une bouée en forme de flamant rose. Cette touche d'humour devrait lui soutirer un sourire. Le temps d'écrire quelques mots et d'apposer un timbre américain, ma carte postale entreprend son périple vers le nord.

Nous retournons ensuite à l'appart'. Maman achève de ranger nos vêtements tandis que papa examine ses multiples dépliants touristiques.

— Ah, les enfants ! Dites-moi, qu'aimeriez-vous faire demain ?

— Le calendrier que maman avait affiché sur le frigo ne vaut plus rien ?

Papa ne relève pas mon sarcasme.

— Que pensez-vous de cet endroit nommé Dinosaur Adventure ? Apparemment, on peut y jouer à des jeux d'arcade et apprendre toutes sortes de choses sur la science et le monde préhistorique. Ça a l'air bien, non ?

Je m'empare de la publicité.

— C'est ce que tu as de mieux à proposer ? Un commerce déguisé en centre d'interprétation ?

— Je te trouve bien difficile à contenter, jeune fille.

Je déteste quand papa m'affuble de ce qualificatif. Il l'utilise à outrance, et toujours à tort. Il veut dire en réalité que je manque de maturité. Je n'ai pas aimé Jurassic Park, et il le sait. J'en ai même fait des cauchemars. J'imaginais qu'un dinosaure me pourchassait, puis me rattrapait, mais plutôt que de me dévorer, il déchiquetait mes devoirs en mille morceaux. Assez traumatisant !

— L'hôtel loue des bicyclettes, on pourrait faire une randonnée tous les quatre, suggère maman. Lili-Rose, pourquoi n'irais-tu pas t'informer à l'accueil s'il existe une carte des pistes cyclables de la région ?

Tout prétexte est bon pour fuir cette suite hideuse. En passant devant les fenêtres du salon, j'aperçois le beau blond qui m'a souri un peu plus tôt. Il est en train de jouer aux cartes avec un ami. Il me salue. Son copain se retourne.

Je manque défaillir en reconnaissant Maxime.

# Chapitre 15

## MARDI 3 MARS 1998

**NOMBRE DE JOURS SANS AMOUREUX :**

73 (je n'ai rien d'autre à ajouter)

**TEMPÉRATURE EXTÉRIEURE :**

19 °C, avec quelques nuages par-ci par-là

Ce matin, mes parents me proposent un compromis : si je les accompagne au commerce de dinosaures, je pourrai demeurer à l'hôtel tout l'après-midi. Et si ça se passe bien, l'expérience pourra être répétée. J'accepte sans hésiter. C'est le prix à payer pour un peu de liberté. Mais je ne serai pas totalement sans supervision parentale. Nous avons croisé Maxime et ses parents tout à l'heure en allant prendre le petit-déjeuner. Monsieur Tremblay a promis de garder un œil sur moi. En écoutant les adultes discuter, j'ai réalisé que ce n'est pas une coïncidence si nos deux familles se trouvent ici. Ces vacances étaient planifiées depuis longtemps, de part et d'autre. Max et moi avons rompu, mais ni ses parents ni les miens n'ont souhaité annuler leur séjour. Je me dis que c'est ça, finalement, ma bonne action : supporter mon ex en vacances. Nous sommes quittes, maintenant. Au moins, Steffi ne l'accompagne pas, cette partie de l'histoire n'était qu'invention.

Le commerce de dinosaures s'avère plus nul que tout ce que j'avais imaginé. Seul Ben s'amuse réellement tandis que mon père fait semblant de trouver intéressants les panneaux d'information. Nous sommes rapidement de retour à l'hôtel. Après un léger déjeuner, mes parents et Benjamin vont visiter la station spatiale de cap Canaveral. Les installations de la NASA sont situées à une vingtaine de kilomètres de Cocoa Beach. Mon frère semble ravi de pouvoir admirer une fusée comme celle qui a emmené des hommes sur la Lune. De mon côté, je suis bien décidée à profiter de mon après-midi de liberté. J'enfile mon nouveau maillot et me dirige du côté de la piscine. Quelques personnes y batifolent déjà. Je m'allonge sur une chaise longue, des lunettes de soleil sur le nez, un script à la main. J'ai l'air d'une star ! Je relis les répliques tirées d'un épisode de Radio Enfer. Des auditions sont prévues le mois prochain à Montréal, et j'aimerais vraiment décrocher un petit rôle dans cette série culte.

Je songe ensuite à ma famille. L'absence de mes parents et de mon frère me semble étrange. Pas de sermon, pas de chamaillerie ; je ne suis pas habituée à autant de calme.

Mes amies me manquent davantage. Nous avons l'habitude de nous parler tous les jours, mais ce n'est plus possible. Je cite mon père : au prix que coûte un interurbain, elles vont attendre mon retour pour entendre le récit de ces vacances.

Je me replonge dans mon script, mais mon attention est à nouveau détournée par un petit lézard qui trottine près de ma chaise. Il lui manque un bout de queue. Je parie que Ben trouverait l'animal attachant et voudrait le glisser dans ses bagages.

— *Hi there! Are you alone*[6]*?*

Une rousse d'à peu près mon âge s'installe sur la chaise à ma droite. Elle est coiffée d'un large chapeau, et d'énormes lunettes de soleil masquent son visage. Tout le contraire de son bikini, qui est si minuscule qu'on dirait que ses seins vont bondir hors du tissu. À sa place, je

(6) Bonjour ! Es-tu seule ?

ne me sentirais pas à l'aise. Je lui réponds dans un anglais approximatif.

— *Hello! Where are you? No... I mean... How are you*[7]*?*

Mon accent est épouvantable, elle me demande si je suis Française.

— *I loooove French kiss*[8], ajoute-t-elle en me décochant un clin d'œil.

Je lui explique que je suis Canadienne française.

— *I'm Dakota, by the way*[9].

Je serre délicatement la main qu'elle me tend pour ne pas abîmer ses longs ongles. Dakota m'apprend qu'elle a

7) Salut ! Où es-tu ? Non... Je veux dire... Comment vas-tu ?

8) J'adoooore les baisers à la française.

9) Je m'appelle Dakota, en passant.

quinze ans et vient de Salt Lake City, en Utah. Son père est un pasteur mormon qui possède aussi une librairie spécialisée en *Christian fiction*. Je prends note d'en parler à maman, ça pourrait être un débouché intéressant pour ses romans de vampires. La mère de Dakota, quant à elle, dirige une organisation caritative qui vient en aide aux femmes victimes de violence conjugale.

— Do you have any brothers or sisters? I have one, Benjamin[10].

— Oh! Benjamin! I love that name. Like Benjamin Franklin, one of our Founding Fathers[11].

10) As-tu des frères ou des sœurs ? Moi, j'en ai un, Benjamin.

11) Oh ! Benjamin ! J'aime ce nom. Comme Benjamin Franklin, l'un de nos pères fondateurs. [Dakota fait référence aux rédacteurs de la déclaration d'indépendance des États-Unis.]

*— Don't get excited, he's only ten years old*[12].

Pour sa part, Dakota a deux frères, John et Peter, des jumeaux de douze ans. Je ne les verrai pas. Ils sont partis camper avec un groupe de scouts dans le Wyoming. Je trouve fascinants les prénoms de cette famille de mormons. Même ceux des parents ont une connotation biblique : Paul et Mary. Je fais remarquer à Dakota qu'elle est une anomalie. Elle éclate de rire en m'assurant qu'elle est la démone de la famille.

Tandis que je m'enduis de crème solaire, un garçon vient nous trouver. À son pantalon et à son veston de lin clair, je devine qu'il s'agit d'un employé de l'hôtel. Nous commandons des sodas et du pop-corn avant de poursuivre notre bavardage. Dakota affectionne les mêmes émissions que moi. Elle préfère cependant le genre de musique qui plaît à Rosalie. J'imaginais qu'une

12) Ne t'excite pas, il n'a que dix ans.

fille de pasteur n'écouterait que de la musique religieuse ou peut-être un peu de country. Dakota rétorque qu'elle n'est pas son père et, comme pour me le prouver, elle attrape le sac à main posé à ses pieds d'où elle tire un paquet de cigarettes. Elle m'en offre une, que je refuse avec une grimace. Pas question que je noircisse mes poumons avec ce mélange de goudron et d'arsenic. Tandis qu'elle grille sa cigarette, je la détaille attentivement. Elle est très maigre, j'aperçois même ses côtes. Est-ce que les garçons aiment ce genre de silhouette ? Je me tâte discrètement le ventre, les bras et les cuisses, me trouvant tout à coup énorme.

Notre *waiter* revient bientôt avec un bol de maïs soufflé et deux canettes de boisson gazeuse d'où émergent des pailles et de petits parasols de papier.

# Chapitre 15

— *My name is Javier. If you need anything else, don't hesitate*[13].

— *Gracias*[14]*!* dis-je spontanément pour le remercier.

Le garçon d'hôtel me dévisage brièvement, puis repart sans dire un mot. À son teint basané, j'ai présumé qu'il était Mexicain ou Cubain, mais peut-être ne parle-t-il pas l'espagnol. Je me surprends à lui imaginer une vie, comme je le faisais avec Maxime. Fils d'immigrants clandestins, Javier travaille au salaire minimum pour aider sa famille à joindre les deux bouts. Avec ses parents et ses quatre sœurs, il vit dans une roulotte à l'extérieur de la ville. Le père se cache du FBI qui voudrait le renvoyer dans son pays, où il a commis un crime d'honneur.

13) Mon nom est Javier. Si vous avez besoin d'autre chose, n'hésitez pas.

14) Merci !

Je sais, je sais, j'ai l'imagination fertile. Au lieu d'interpréter des rôles, je devrais peut-être écrire des scénarios de film.

Je suis tirée de ma rêverie par l'arrivée d'un groupe de garçons et de filles parmi lesquels se trouve le beau blond que j'ai aperçu la veille. Heureusement, Maxime n'est pas du nombre. Dakota et moi échangeons un regard complice et allons les rejoindre. Celui que je trouve mignon s'appelle Zach, il a seize ans et est natif du New Jersey. C'est la deuxième année qu'il vient ici avec son père, car tous deux sont de grands amateurs de pêche et de surf. La mère de Zach s'est enfuie en Californie avec un camionneur. Il ne l'a pas revue depuis l'âge de quatre ans ; elle lui envoie simplement une carte postale pour Thanksgiving et pour son anniversaire. Chaque fois, elle semble habiter une ville différente. En écoutant Zach parler, j'ai l'impression de suivre un feuilleton télévisé. Il me présente à ses amis. Apparemment, eux non plus n'ont guère envie de passer leurs journées dans des parcs d'attractions.

— *We went there almost every summer when I was younger*[15], me confie Danny, un type à la peau d'ébène qui devrait envisager une carrière de massothérapeute, me dis-je en constatant la largeur de ses mains. *It's real fun, Disney World and Universal, but I'm now looking for new experiences*[16].

Lorsque je lui confirme que c'est aussi mon cas, Danny me décoche un clin d'œil. La conversation s'engage sur les endroits que nous aimerions visiter sans nos parents. Samantha rêve d'escalader le Machu Picchu, Michael

15) On y allait presque chaque été, quand j'étais jeune.

16) C'est vraiment génial, Disney World et Universal, mais maintenant, j'ai envie de vivre de nouvelles expériences.

voudrait arpenter la jungle thaïlandaise, tandis que Daria souhaite faire du rafting au Canada. Je lui confie que c'est mon pays d'origine, et tous se mettent à me bombarder de questions. Est-ce vrai qu'il y fait froid même l'été ? Que les tas de neige sont aussi hauts que les maisons ? Mon école est-elle construite en bois ? Peut-on encore apercevoir des Iroquois avec des plumes sur la tête ? À les écouter parler, je vis en Nouvelle-France. Je tente de corriger leur perception. Ils m'expliquent qu'ils n'entendent jamais parler du Canada, ni à la télé ni nulle part ailleurs. Je leur dis qu'ils connaissent pourtant plusieurs de nos compatriotes, Céline Dion par exemple. Daria entonne aussitôt *My Heart Will Go On*, tandis que les garçons font mine de se boucher les oreilles. Je nomme ensuite Jacques Villeneuve, mais personne ne connaît ses exploits. Hourra ! Je ne suis pas entourée de fanatiques de F1 ! Je leur révèle enfin que l'acteur Jim Carrey est Canadien. Cette fois, les regards s'allument. Tous ont vu *The Mask*, *Ace Ventura* et *Dumb and Dumber*. Nous rigolons un moment en nous rappelant certaines scènes marquantes de ces films.

— *Who else do we know from Canada*[17]*?* demande Dakota.

Michael propose Steve Nash, le joueur vedette des Suns de Phoenix, mais un débat s'engage aussitôt sur l'origine du basketteur, Danny protestant qu'il est né en Afrique du Sud. Profitant de l'agitation, Zach m'attire à l'écart.

— *Are you doing anything tomorrow*[18]*?*

17) Qui d'autre connaissons-nous qui vient du Canada ?

18) Est-ce que tu as quelque chose au programme demain ?

Il m'explique avoir rencontré un type qui voudrait apprendre à surfer et ajoute que si ça nous intéresse, il pourrait aussi nous montrer les rudiments de ce sport, à Dakota et à moi. Deux gars, deux filles : la formule me plaît. Il faut cependant que je vérifie mes disponibilités avec mes parents, car je ne connais pas leurs plans pour demain. Zach semble déçu. Peut-être pense-t-il que je cherche à me défiler… Aussi, je lui propose spontanément d'aller nous balader sur la plage, là, tout de suite, juste nous deux. Cette idée le ravit. Il me propose de nous y retrouver dans un quart d'heure.

Wow ! J'ai un rendez-vous galant.

# Chapitre 16

## ENCORE MARDI 3 MARS 1998

NOMBRE DE JOURS SANS AMOUREUX :

zéro (!)

TEMPÉRATURE EXTÉRIEURE :

19 °C, et les rares nuages
se sont dissipés

Je rentre à l'appart' enfiler une robe rouge, courte et légèrement décolletée, que j'ai achetée à l'aéroport en pensant qu'il y aurait peut-être une soirée dansante. J'admire ma silhouette dans un miroir. Tout bien considéré, elle est trop chic pour aller gambader sur la plage. Je troque ce vêtement contre une jupette blanche et un débardeur fuchsia d'allure sportive. Beaucoup mieux. Maintenant, que faire avec mes cheveux ? Ils me semblent bien ternes, comparés à la crinière de feu de Dakota. Je les attache, les dénoue, les ramène en chignon, puis forme une queue de cheval, mais la défais aussitôt, incapable de décider quelle allure plairait le plus à mon prétendant. J'opte finalement pour un style naturel.

Quelques minutes plus tard, je marche en direction de la plage, tellement fébrile que j'en ai mal au ventre. On dirait qu'un *alien* a fait son nid dans mon estomac et cherche à en sortir.

Zach m'attend au pied de la tourelle où s'assoit le maître nageur. Mon cavalier s'est lui aussi changé. Il porte maintenant un bermuda bleu et un t-shirt jaune arborant une tête de tigre. Je le trouve tellement mignon que j'en ai la chair de poule. Je parle de Zach, pas du félin. En me voyant approcher, il me décoche un sourire étincelant. Avec des dents aussi blanches, il pourrait jouer dans des publicités de dentifrice. Un autre point en sa faveur.

Nous nous dirigeons tranquillement vers la jetée – *the pier*, comme l'appelle Zach, une installation en bois qui surplombe l'océan Atlantique sur plus de deux cent quarante mètres (j'ai consulté le guide touristique de papa). Les pilotis, rongés par le sel marin, m'ont l'air plutôt branlants. Zach me guide dans le dédale de bicoques, de boutiques et de restaurants aménagés sur la jetée et nous achète des chips au ketchup, qu'il accompagne de canettes de soda. Nous parvenons bientôt au bout de la jetée, où se trouve un belvédère. Le panorama y est incroyable. Le bleu du ciel et le gris de la mer se fondent l'un dans l'autre. Je pourrais passer des heures ici, à contempler les vagues qui se succèdent inlassablement.

Zach m'explique qu'on peut faire du kayak sur l'océan, et même de la plongée en apnée. Très peu pour moi. Je n'aimerais pas me retrouver nez à nez avec un requin ou un crocodile. Mon cavalier rétorque que les plongeurs risquent surtout d'apercevoir des lamantins, des échassiers et des poissons tropicaux, et peut-être aussi des dauphins. Voilà qui me plairait davantage ! Nous retournons sur la plage en continuant de discuter. Je ne comprends pas toujours ce que Zach me dit, mais je me sens bien en sa compagnie. Il me fait rire, m'écoute avec patience et m'aide à trouver les bons mots lorsque j'hésite sur une expression. J'apprends qu'il aime pratiquer plusieurs sports nautiques et rêve d'être prof d'éducation physique dans une *high school.* Ça me plaît, un gars qui a de l'ambition. Et c'est encore mieux s'il a les plus beaux yeux bleus du monde. Oubliez la mer, moi, c'est dans ce regard-là que je veux me noyer.

Nous parvenons à la hauteur d'un commerce qui loue des bicyclettes. Zach me propose une randonnée jusqu'au village de Cocoa Beach. J'accepte avec joie. Nous choisissons nos montures et nous élançons le long de la route qui longe le littoral. Sourire en coin, j'imagine la tête que ferait ma mère si elle me voyait pédaler au grand air en si bonne compagnie.

Des voitures nous doublent à vive allure, mais Zach n'en fait pas de cas. Il file sur la voie asphaltée comme s'il était seul au monde. Je préfère l'accotement de gravier. Sécurité et intelligence: à force de l'entendre, le credo de maman a fini par se graver dans mon cerveau.

De temps en temps, Zach se tourne vers moi, me sourit, raconte une anecdote sur la région ou me fait prendre conscience d'un détail dans le paysage. Il affirme que Cocoa Beach ne compte plus que dix mille habitants, alors que dans les années 1960 et 1970, c'était un endroit très prisé en raison du programme spatial américain. La localité vit maintenant principalement du tourisme.

Nous rejoignons indemnes la rue principale, bordée de galeries d'art, de boutiques de souvenirs, de *coffee shops* et de *bakeries*. Zach s'immobilise en bordure d'un parc public où s'est installé un marchand de glaces. Cette fois, c'est moi qui invite. Nos cornets remplis de glace au chocolat, de crème chantilly, de coulis de caramel chaud et de cerises confites sont absolument divins. Les Américains adorent le sucre, et ça tombe bien, moi aussi.

Après avoir dégusté notre collation, Zach me guide vers le Ron Jon Surf Shop en m'expliquant que cette célèbre boutique abrite un musée. L'endroit est impressionnant, avec son aquarium, ses chutes d'eau et son ascenseur vitré servant à gagner le deuxième étage. Les étalages débordent d'accessoires de plongée, de maillots de bain, de chapeaux de paille et de serviettes de plage.

Pendant que Zach admire les planches de surf, je me dirige vers un présentoir de bijoux exotiques. Je n'ai pas oublié ma promesse de rapporter un petit souvenir à chacune de mes amies. Que peuvent-elles faire en ce moment ? Pensent-elles à moi ? Qu'est-ce qui leur plairait ? Un collier composé de dents de requin ? Une peluche de Mickey Mouse en maillot de bain ? Un voilier sculpté dans un bois précieux ? Et si je leur offrais à toutes le même présent, seraient-elles insultées ? Sans doute pas. Je choisis pour chacune une pince à cheveux ornée de coquillages, d'ananas ou de fleurs exotiques. Et à l'intention de Rosalie, qui a les cheveux trop courts pour se faire des coiffures élaborées, je sélectionne un dauphin bleu suspendu à un cordon en cuir.

Zach me rejoint alors que je suis en train de payer mes trouvailles. Il me demande où j'aimerais aller ensuite. Le temps a filé à vive allure. Je lui explique que je préférerais rentrer avant que mes parents reviennent de leur excursion. S'ils ne me trouvent pas à l'appart', ils risquent de paniquer. Et si je veux revoir mes nouveaux amis, j'ai intérêt à conserver leur confiance.

Sur le chemin du retour, je me mets à rêvasser. Dans ma tête se dessinent une plage dorée et un coucher de soleil. Zach est assis près de moi, il penche la tête de côté, ses lèvres s'entrouvrent et… bang ! La roue de ma bicyclette se prend dans une bouche d'égout. Je me retrouve cul par-dessus tête au milieu de la chaussée. Se retenant de rire, mon prince charmant fait demi-tour et m'aide à me relever. Heureusement, j'ai eu plus de peur que de mal, c'est à peine si mon épaule gauche est égratignée.

# Chapitre 16

Nous rangeons nos vélos à l'endroit où nous les avons loués, puis Zach me prend les mains, me regarde droit dans les yeux et me demande ce qui me ferait plaisir. J'ai un moment d'hésitation. Je ne sais pas trop ce qu'il attend de moi. Enfin, je m'en doute, mais je ne suis pas certaine de vouloir la même chose. Je songe alors à mon coucher de soleil et lui propose de me retrouver près du *pier* ce soir vers dix-neuf heures. Zach accepte mon invitation avec un sourire à faire fondre un glacier.

La porte de la suite s'ouvre toute grande. Ma famille est de retour, joyeuse et bruyante. Tout le monde paraît ravi d'avoir visité le Kennedy Space Center.

— C'était très instructif, me confie papa. On a pris place dans un simulateur qui reproduisait le départ d'une navette spatiale.

– On en avait le souffle coupé, ajoute Benjamin. On a aussi vu une fusée *Saturn*, et j'ai pu enfiler un casque comme ceux que portent les astronautes dans l'espace.

– Comment s'appelait la collation qu'on a partagée, déjà ? s'interroge papa.

– Space Dots Ice-cream, répond maman en m'accordant un regard compatissant.

S'ils pensent me rendre jalouse en parlant de glace, c'est raté. Moi aussi, j'ai eu ma dose de sucre. Tout compte fait, j'ai passé une excellente journée, et elle n'est pas encore terminée.

# Chapitre 16

Nous allons manger au buffet «*all you can eat*» de l'hôtel. Je remplis mon assiette de viandes en sauce, de pattes de crabe et de légumes grillés. Au dessert, je m'offre un pudding à la vanille et des petits gâteaux fourrés de crème pâtissière. Vive les vacances!

— Est-ce que je peux rejoindre une copine sur la plage?

J'ai posé la question à maman au moment du café.

— De qui s'agit-il? s'informe papa, suspicieux comme toujours.

— Elle se prénomme Dakota, je l'ai rencontrée à la piscine. Son père est un pasteur mormon.

Cette confidence a tôt fait de le rassurer. Je ne lui dis pas que Dakota, en dépit du métier qu'exerce son père, m'a l'air plutôt dégourdie. Encore moins que c'est avec un garçon que j'entends passer la soirée. Si je disais la vérité, mes parents feraient toute une histoire, poseraient encore plus de questions, argumenteraient durant des heures, m'obligeraient à faire mille et une promesses. Ils ont toujours peur qu'il m'arrive quelque chose de traumatisant.

Ayant obtenu leur assentiment, je retourne à la chambre me préparer. Je change dix fois de tenue avant de remettre finalement ce que je portais l'après-midi. Un peu de maquillage, une goutte de parfum, un peu de baume sur mes lèvres, et je rejoins Zach à l'endroit convenu. Lui aussi porte les mêmes vêtements que lors de notre excursion.

Ici et là, d'autres couples se promènent entre les dunes. Je trouve que ça ajoute au romantisme du moment. Le vent du large me fait bientôt frissonner.

# Chapitre 16

Les soirées sont fraîches en cette période de l'année. Zach fouille dans le sac à dos qu'il porte à l'épaule et m'offre une serviette de plage que je glisse sur mes épaules comme une cape. Nous allons nous abriter derrière une butte de sable recouverte d'herbes hautes. Devant nous, l'océan s'étire à perte de vue. J'ai l'impression d'être sur une île déserte, isolée du reste du monde. Zach me questionne un moment sur les groupes de musique que j'aime. Il n'a jamais écouté de chansons en français, et je lui promets d'apporter mon baladeur le lendemain pour lui en faire découvrir quelques-unes. Alors que je me demande de quels morceaux serait composée ma liste des meilleures chansons québécoises, Zach se penche vers moi et m'embrasse à pleine bouche. Je suis à la fois surprise et ravie. Ses lèvres sont sucrées. Je lui rends son baiser. Nos mains se cherchent et se trouvent. Les siennes sont tièdes, sans la moindre trace de corne. Zach répond si bien à mes critères qu'il me paraît presque irréel. Mais n'allez pas croire que je me plains ! J'ignore combien de temps nous passons à nous embrasser, assis dans le sable, les mains nouées, mais je suis bientôt toute courbaturée et je propose à mon cavalier de rentrer. Il accepte à contrecœur. Je sens que lui aussi préférerait que la soirée ne connaisse pas de fin. Nous marchons jusqu'à l'hôtel sans éprouver le besoin de parler. Je sais bien que cette amourette ne durera que le temps des vacances, mais je suis néanmoins heureuse.

Nombre de jours sans amoureux : zéro !!!

# Chapitre 16

FOLIES QUE JE N'OSERAI **JAMAIS** ENTREPRENDRE

1. Sauter en parachute
2. Me suspendre à un deltaplane
3. Laver les fenêtres d'un gratte-ciel
4. Manger des insectes
5. ~~Embrasser un parfait inconnu~~

# Chapitre 17

## MERCREDI 4 MARS 1998

NOMBRE DE JOURS AVEC UN AMOUREUX :

1

TEMPÉRATURE EXTÉRIEURE :

18 °C, avec autant de soleil dans le ciel que dans mon cœur

Vous vous en doutez, je n'ai pratiquement pas dormi de la nuit, trop excitée d'avoir rencontré un prince charmant sans l'aide de Disney. Au matin, il me faut puiser dans la trousse à maquillage de ma mère pour masquer mon manque de sommeil. Aujourd'hui, Benjamin et mes parents passent la journée à SeaWorld, et j'ai obtenu la permission de rester à l'hôtel. Je n'ai rien contre les aquariums en général, mais je déteste cet endroit en particulier. Que des poissons tournent en rond dans leur bocal, je peux l'accepter, ces créatures n'ont pas un cerveau très développé ni une mémoire remarquable. Je parie que chaque fois qu'une truite se heurte contre la paroi de verre, elle a l'impression de vivre une expérience exceptionnelle. Il en va autrement des mammifères comme les dauphins, les otaries ou les orques. Ces créatures ont des sentiments. J'ai appris dans un reportage à la télé que les animaux dépriment en captivité. Cela peut même les rendre agressifs. Et s'ils ne font pas d'acrobaties, ils sont privés de nourriture. Comme moi à la maison : je dois ranger ma chambre et vider le lave-vaisselle pour avoir mon argent de poche.

Évidemment, mes parents auraient été ravis que je les accompagne, mais j'ai tenu bon, même quand maman a tenté de faire du chantage affectif.

# Chapitre 17

— Il y a un mot dans la culture hawaïenne que je trouve très beau, m'a-t-elle dit. *'Ohana*. Ça signifie la famille, ces liens que tissent des gens qui se soutiennent et coopèrent au bien-être de chacun. La famille, ça signifie que personne n'est oublié, que tout le monde compte. Et que personne n'est laissé derrière.

J'ai l'impression que mes parents s'ennuient de la petite fille que je ne suis plus, cette enfant qui remplissait un bac d'eau et y baignait ses Barbie, vendait aux passants de la limonade pour un peu d'argent ou mettait tout son cœur à la confection de bracelets d'amitié fluo. J'ai changé, je suppose. Oh ! Je m'ennuie parfois de cette période pas si lointaine où la seule question existentielle que je me posais était : *Monopoly* ou *Jour de paye* ? Mais c'est cool de grandir.

Ma liberté nouvelle me plaît beaucoup. J'ai toute la journée devant moi pour faire ce qui me tente. Si j'ai envie d'une gaufre au chocolat recouverte de fruits frais, je n'aurai qu'à me rendre au buffet de l'hôtel. Et au bar à crème glacée, la gentille dame de service n'aura aucun scrupule à napper mes boules à la vanille de petites étoiles multicolores ou d'une généreuse portion d'oursons en gélatine, et ce, malgré le fait qu'il ne soit que neuf heures du matin. Pas de permission à demander, pas de comptes à rendre, c'est la belle vie ! Histoire de ne pas me montrer trop égoïste tout de même, j'ai promis à mes parents que je ferais quelque chose en famille demain.

Pour l'heure, je me rends à la piscine, cette fois sans emporter le scénario de *Radio Enfer*. Comme celui-ci est écrit en français, personne n'y a trouvé d'intérêt. Un soda dans une main, mon lecteur de disque dans l'autre, je profite simplement du soleil. Du coin de l'œil, j'aperçois Maxime et son père qui se dirigent vers le court de tennis. Monsieur Tremblay fait un crochet dans ma direction et s'informe si je vais bien. Je le soupçonne de préparer un rapport pour mes parents. Max reste derrière, l'air maussade. Peut-être préférerait-il passer du temps avec des jeunes de son âge, plutôt que suivre ses parents comme leur ombre. Peut-être aussi s'ennuie-t-il de Steffi. Au fond, je m'en moque.

Un peu avant dix heures, un troupeau d'adolescents vient s'installer sur le bord de la piscine. L'un d'eux a apporté une radio qui crache un air funky. Je reconnais quelques têtes venues faire trempette la veille, mais Zach n'est pas du nombre. Je me demande ce que mon beau prince a prévu de faire aujourd'hui. La leçon de surf est-elle encore au programme ? Je n'ai pas pensé à noter le numéro de l'unité où il réside. Je ne connais même pas son nom de famille ;

le concierge de l'hôtel ne m'est donc d'aucune utilité.

Vers onze heures, Dakota vient me rejoindre. Elle porte à nouveau son bikini provocant, et les garçons dans la piscine ne tardent pas à la remarquer. Quelques-uns la sifflent avec admiration, d'autres lui lancent des blagues peu subtiles. Les dragueurs n'ont pas un seul regard pour moi. Aux côtés de la rousse sexy, je suis invisible.

Javier, le garçon d'hôtel, vient cependant s'enquérir de mes besoins. Je lui explique d'où vient mon accent, et lui m'apprend qu'il n'est ni Mexicain ni Cubain. Ses parents ont émigré du Salvador en 1978, et il est né aux États-Unis. Le père de Javier est gardien de sécurité dans un centre commercial d'Orlando, et sa mère fait le ménage d'édifices de bureaux.

Je découvre en Javier un garçon à la fois gêné et cultivé. De trois ans mon aîné, il travaille pour payer ses études dans un collège public. Il aimerait être avocat pour défendre les droits des immigrants et d'autres personnes démunies. Je lui dis que je trouve cela admirable. Lui m'avoue que les clients de l'hôtel s'intéressent rarement à lui. Ils ne voient qu'un employé anonyme, comme un androïde sans états d'âme. Il a été étonné que je le remercie en espagnol, l'autre jour. Pour moi, c'était tout naturel. Nous bavardons encore un moment, puis Javier, réalisant qu'il s'est trop attardé, s'éclipse en coup de vent. Je ne le revois pas de la journée.

Après le déjeuner, Dakota et moi allons à la plage. Avec toute la friture que nous avons ingurgitée, ça ne nous fera pas de mal de dépenser quelques calories. L'eau est fraîche, et nous nous amusons un moment dans les vagues, puis nous retournons nous sécher au soleil. Je songe que je pourrais passer ma vie ici; le climat est parfait. Pourquoi Jacques

Cartier n'a-t-il pas navigué plus au sud ? Et Champlain ? N'aurait-il pas pu établir sa colonie dans les Caraïbes ? Comme Voltaire avait raison de dire que ces explorateurs se sont donné bien du mal pour mettre la main sur des fourrures et quelques arpents de neige...

Mon amie me tire de mes pensées en m'avouant qu'elle n'approuve pas ma conduite de ce matin. Elle m'a observée du coin de l'œil, ajoute-t-elle, et je ne devrais pas donner de faux espoirs au serveur.

— He's not good enough for you[19].

J'ai soudainement l'impression d'être Rose dans *Titanic*, quand sa mère lui reproche de passer du temps en compagnie d'un voyageur de troisième classe. Je trouve Dakota drôlement culottée de me faire la morale, elle qui flirte ouvertement avec plusieurs garçons. Mais je

19) Il n'est pas assez bien pour toi.

n'ai pas envie de me brouiller avec elle, alors je lui explique simplement que j'ai échangé des banalités avec Javier, comme le font les gens civilisés.

Elle garde le silence un moment. Malaise. Plutôt que de le prolonger, je choisis de la questionner sur son école. Dakota m'apprend qu'elle fréquente une école privée dont les enseignants et les élèves sont tous mormons. Nous relevons les différences entre nos cours, puis partageons quelques impressions et clichés sur nos pays respectifs. Dakota est surprise d'apprendre qu'au Canada il est possible d'acheter de l'alcool dès l'âge de dix-huit ans. Aux États-Unis, il faut avoir vingt et un ans pour ça, et les lois à ce sujet sont sévères, particulièrement celle de la Floride. En Utah, c'est différent. Les mormons ne boivent pas une goutte d'alcool. Je lui confie que j'ai déjà goûté du vin blanc, à Noël. Maman m'avait laissée tremper mes lèvres dans sa coupe, et je ne peux pas dire que j'ai apprécié l'acidité de cette boisson. Fascinée par mon témoignage, Dakota me confie que si son père la surprenait un verre à la main, il la déshériterait sur-le-champ. Elle me demande ensuite si les Canadiens sont aussi ouverts sur d'autres sujets, comme l'avortement, la drogue et le sexe. Je ne suis pas une experte en ces matières. Pour ce qui est de la drogue, personnellement, je n'ai pas envie d'endommager mon cerveau avec ce genre de cochonnerie. Je n'en ai qu'un, il est précieux. Quant au sexe, je suppose que chaque personne vit ses propres expériences quand elle s'y sent prête, mais ni moi ni mes amies ne sommes pressées. Dakota fait la moue, puis me confie qu'il y a un ou deux garçons qui lui sont tombés dans l'œil depuis son arrivée. C'est aussi mon cas, mais je choisis de ne pas en parler. Nous détaillons un moment les gens qui nous entourent. J'explique à Dakota comment Maxime et moi aimions imaginer l'existence des gens que nous croisions dans le métro ou au centre commercial. Elle se fend d'un large sourire.

— *Let's do that*[20] *!*

Nous inventons alors la vie des garçons qui défilent sous nos yeux. L'un est matelot sur un paquebot de croisière ; l'autre, braqueur de banques.

— *And what about that one*[21] *?*

Elle pointe du doigt un jeune homme dans la vingtaine qui court au bord de l'eau. Ses pectoraux ont l'air durs comme l'acier et ses biceps sont plus larges que mes cuisses. Il doit passer beaucoup d'heures à sculpter son corps. Lui reste-t-il du temps pour quoi que ce soit ou qui que ce soit d'autre ? Malgré les apparences, dis-je, il est comptable et vit encore chez sa mère ; il regarde

20) Faisons ça !

21) Et que penser de celui-ci ?

en cachette des rediffusions de sitcoms qu'elle enregistre. Dakota éclate de rire, puis déclare qu'elle a envie de ramasser des coquillages. Je pense qu'elle blague et lui demande si elle veut aussi fabriquer des châteaux de sable. Mais mon amie est sérieuse. Elle m'explique que sa ville natale est entourée de déserts de sel et de pics rocheux. Ces paysages lunaires sont grandioses, mais la mer a un charme unique, et elle aimerait en rapporter un souvenir.

Je doute cependant que nous puissions trouver de belles coquilles aux alentours, car des centaines de touristes piétinent quotidiennement le rivage. Nous décidons d'aller nous promener plus loin. Après avoir traversé une crique où nagent des bambins, puis dévalé une série de dunes, nous parvenons à un endroit à peu près désert. Les vagues lèchent nos orteils et effacent au fur et à mesure les traces de pas que nous laissons dans le sable.

# Chapitre 17

— *Hello girls! What are you doing*[22]*?*

Zach est assis sur un promontoire rocheux en compagnie d'un des jeunes que j'ai rencontrés la veille. Ils descendent de leur perchoir et nous rejoignent. Je ne sais pas trop si je dois embrasser Zach ou lui serrer la main. Je me contente d'un sourire gêné. Dakota explique qu'elle aimerait dénicher un coquillage exotique. Mon surfeur hoche la tête.

— *I have a better idea*[23].

Il propose de nous emmener à un endroit où pullulent les crustacés et même les tortues. Dakota lui fait un grand sourire et lui emboîte le pas. J'en ai la preuve une nouvelle fois : quand la rouquine est là, je cesse d'exister. C'est vexant. Je sais bien que nous ne nous

22) Salut les filles ! Qu'est-ce que vous faites ?

23) J'ai une meilleure idée.

sommes rien promis, Zach et moi, nous ne nous sommes même rien dit après avoir échangé des baisers, mais je me serais quand même attendue à plus de considération. Peut-être qu'il cache ce qu'il éprouve, qu'il ne veut pas avoir l'air de s'être entiché de moi. Ou qu'il regrette. Ou qu'il a honte. Je réfléchis probablement trop.

Teddy marche à mes côtés. Ce surnom lui va bien. Ted a l'air d'un ours en peluche, avec ses épaules larges et ses avant-bras poilus. Son maillot de basket laisse entrevoir un torse également poilu. Teddy est assez volubile pour deux, mais il ne parle que de sport. J'ai l'impression d'avoir trouvé un autre Maxime. Pense-t-il réellement que je trouve intéressantes les statistiques qu'il me lance sur son équipe de baseball préférée ? Pendant ce temps, Dakota et Zach semblent s'amuser ferme. Je n'entends pas ce qu'ils se disent, mais ils ne cessent de rigoler. Je crois que je suis jalouse.

# Chapitre 17

Nous nous arrêtons au pied d'une saillie rocheuse percée d'une large cavité. On dirait une grosse molaire cariée.

— *Come over here*[24]*!* lance Zach en nous faisant signe d'approcher.

— *Would you look at that*[25]..., souffle Dakota.

Des bébés tortues trottinent sur le sable. Teddy affirme que la plupart ne parviendront pas à gagner la mer. Des prédateurs les guettent du haut des airs. Les tortues qui rejoindront les vagues devront ensuite se méfier des créatures marines. Nous décidons d'aider les petits reptiles à rejoindre l'océan en gardant un œil vigilant sur le ciel et en faisant rempart avec nos mains.

24) Venez par ici !

25) Regardez-moi ça...

*— Come on! Keep going! That's it, just keep swimming[26]!*

Bientôt, les carapaces disparaissent dans l'eau. Je leur souhaite bonne chance. Au même moment, un mouvement dans le sable me fait sursauter. Je découvre à mes pieds un crabe à moitié empêtré dans du lichen. Je me penche pour l'aider à se dégager. Croyant sa dernière heure arrivée, le crustacé me pince l'index et fait jaillir quelques gouttes de sang. Je le balance aussitôt dans la mer en lâchant un juron bien québécois. Mes amis éclatent de rire. J'espère sincèrement que ce crabe va se faire bouffer par un alligator. J'examine mon doigt. Quelques gouttes perlent sur la première jointure, mais avant que j'aie le temps de m'en inquiéter, Zach attrape ma main et porte mon doigt à sa bouche. Il aspire les gouttelettes en me regardant droit dans les yeux. C'est le truc le plus étrange qu'on m'ait jamais fait. Suce-t-il souvent le sang des filles en détresse?

26) Allez! Continuez! C'est ça, continuez de nager!

# Chapitre 17

Est-il un vampire ? Ne sachant comment réagir, je le gratifie d'un simple sourire. Au moins, il semble de nouveau réaliser que j'existe.

Nous retournons tranquillement du côté des vacanciers. Chemin faisant, j'aperçois un coquillage presque enseveli dans le sable. Ses parois nacrées ont des reflets émeraude. Je le déterre et l'offre à Dakota.

— *Now, you have a souvenir*[27].

Elle me sourit de toutes ses dents. Zach renouvelle alors son offre de la veille de nous apprendre à surfer. Dakota et moi sommes partantes. Teddy est d'accord pour nous accompagner, même s'il sait déjà surfer. Mais je pose une condition.

— *As long as Maxime doesn't join us*[28].

27) Maintenant, tu as ton souvenir.

28) Tant que Maxime ne se joint pas à nous.

Zach semble ignorer de qui je parle. Je lui rappelle le type qui jouait aux cartes avec lui. Il éclate de rire et m'explique que Max est un idiot (je le savais). Mon ex voulait suivre des leçons de surf simplement parce qu'il pensait que si je le voyais en équilibre sur une planche, je le trouverais cool et me jetterais à ses pieds. Je suis fâchée que Max pense ça de moi. Notre histoire est définitivement terminée, je ne suis plus amoureuse de lui, et rien de ce qu'il pourrait dire ou faire n'y changera quoi que ce soit.

— Il est vraiment immature ! Je suis à nouveau heureuse, sans lui, et tant pis si ça lui est insupportable.

Les autres me regardent avec étonnement. Sans m'en rendre compte, je me suis exprimée en français. Je leur traduis aussitôt ce que je viens de dire. Dakota me fait un *high-five*.

# Chapitre 17

Nous empruntons des planches au magasin de l'établissement et passons l'heure suivante dans les vagues. C'est moins facile que je l'aurais cru, nager à contre-courant, puis se relever prestement à l'approche d'une vague. Je ne parviens pas à rester plus de trois secondes en équilibre sur mon *surfboard*. Heureusement, Zach est un professeur patient. De son côté, Teddy apprend à Dakota les rudiments du sport. Elle a moins fière allure sur une planche que sur une chaise longue. Après être tombée à l'eau une dizaine de fois, je finis par avoir le truc. Quelle ivresse d'être poussée vers le rivage par la force de l'eau ! Je pousse un grand cri de victoire.

— Wouhou !

Après un moment à nous amuser dans les vagues, nous allons nous allonger sur le sable doré. Pendant que Teddy rapporte nos planches au magasin, Zach sort d'un sac à dos des canettes de bière encore fraîches. Je me demande où il a déniché ça, lui qui n'a l'âge ni pour en boire ni pour en acheter. Dakota a un moment d'hésitation, elle jette autour d'elle des regards inquiets, puis accepte l'offrande, la décapsule et en prend une petite gorgée.

Zach me dévisage avec insistance.

– *Don't you drink*[29]*?*

– *I'm not thirsty. Maybe later*[30].

Le frisé hausse les épaules et prend une longue rasade. Je ne suis pas certaine d'approuver l'attitude de mes amis. Si les lois sont aussi sévères que Dakota l'affirme, ils courent au-devant des ennuis. Surtout en plein jour, sur

29) Tu ne bois pas ?

30) Je n'ai pas soif. Peut-être plus tard.

une plage bondée de monde. Mais braver l'interdit doit être exactement ce qui les intéresse. Nous parlons un moment de tout et de rien. Teddy tarde à revenir. De nouvelles bières sont ouvertes, et je me sens de plus en plus mal à l'aise à mesure que mes amis s'enivrent. Ils paraissent bientôt partager une belle connivence. Dakota rit à gorge déployée de la moindre blague de Zach, et celui-ci ne cesse de se rapprocher d'elle, au point que leurs épaules et leurs genoux finissent par se frôler. Me sentant totalement délaissée, je prétends souffrir d'une insolation et rentre à l'appart'.

Je marche d'un pas pesant, les poings serrés, la tête remplie de questions. Pourquoi les garçons ne prennent-ils jamais rien au sérieux ? Est-ce que tout, dans la vie, n'est qu'un jeu à leurs yeux ?

J'en ai la confirmation en passant devant le salon de l'hôtel. Maxime est en train de jouer au billard avec des filles.

Sa main repose sur la hanche d'une brunette ; il lui susurre quelque chose à l'oreille. Elle éclate de rire, tourne la tête vers lui et l'embrasse furtivement. Max croise alors mon regard. Il esquisse un sourire niais, mais j'ai déjà tourné les talons. Tandis que j'arrive en vue de la porte numéro treize, j'entends des pas de course dans mon dos. Max me rejoint, haletant. Je croise les bras sur ma poitrine et prends mon air le plus méchant, consciente que c'est la première fois que nous nous retrouvons véritablement seuls depuis notre rupture.

— Ça va, Lili-Rose ? Tu passes de bonnes vacances ?

— Qu'est-ce que tu veux ?

— Tu sais, ce n'est rien, ce que tu as vu à l'instant. Il faut bien s'amuser pendant qu'on est ici ! Toi-même, tu ne te prives de rien, paraît-il.

Je suis estomaquée par son culot. Il y a tant de choses que je voudrais lui crier à la tête que je ne sais par où commencer. Mais avant que j'aie ouvert la bouche, Max enchaîne :

— Tu ne diras rien à Steffi, n'est-ce pas ? Ce qui se passe à Las Vegas reste à Vegas, comme on dit.

Je le foudroie du regard.

— Tu aurais dû convaincre tes parents d'aller en vacances à cet endroit, si tu ne voulais pas être surpris en train de tricher.

— Allons, Lili, je me fous de cette fille !

— Tu veux que j'aille lui répéter ça ?

Le visage de Max s'empourpre.

— Toi et tes principes ! Pourquoi penses-tu que je t'ai quittée ? On est jeunes ! Tu n'as pas quinze ans et tu rêves de mariage et de maison à la campagne ! On a plein de choses à vivre et de gens à rencontrer, mais toi, tu voulais que je renonce à tout ça, tu préférais me garder pour toi toute seule. C'est insensé !

J'esquisse un grand sourire.

— Merci de m'avoir dit ça. Tu confirmes ce que je pensais.

Maxime paraît étonné.

— Tu... Tu n'es pas furieuse ?

— Oh, je l'ai été. En fait, j'ai passé par toute la gamme des émotions. Mais j'ai lâché prise et cessé de me torturer. Tu n'en valais pas la peine.

Je tourne les talons et rentre dans notre appart', laissant Max hébété sur la véranda.

# Chapitre 18

## JEUDI 5 MARS 1998

NOMBRE DE JOURS SANS AMOUREUX :

1 (le compteur repart)

TEMPÉRATURE EXTÉRIEURE :

24 °C (ça se réchauffe à mesure que la semaine progresse !)

Aujourd'hui, mes parents n'ont programmé aucune activité spéciale. Eux aussi veulent profiter des commodités de l'hôtel. Après les émotions en montagnes russes de la veille, cette pause en famille me fait du bien. Nous passons la matinée à jouer au volley contre une famille venue de Belgique. Lorsque le soleil commence à plomber, nous allons nous rafraîchir dans les vagues, puis nous rincer du sel marin dans la piscine de l'hôtel, avant de retourner sur la plage faire des châteaux de sable comme lorsque Ben et moi étions gamins. Papa prend la confection de ses tourelles très au sérieux, mais Benjamin a un malin plaisir à les détruire dès qu'il a le dos tourné.

Après le déjeuner, maman propose une partie de tennis en double, les hommes contre les femmes. Papa se voit déjà vainqueur. Crâneur, il propose même de jouer une main dans le dos. Ma mère s'avère toutefois une adversaire redoutable. Nous l'emportons facilement sur les garçons, ce qui nous donne le droit de choisir l'endroit où nous irons dîner. Lasse du buffet de l'hôtel, je suggère un petit restaurant italien que j'ai repéré lors de mon escapade à bicyclette. La proposition est acceptée. J'ai l'impression que c'est la première fois depuis le début du voyage que mon opinion est prise en compte.

# Chapitre 18

La pizzeria s'avère une belle découverte. La nourriture y est réconfortante, et l'endroit est décoré de jolis paysages italiens en noir et blanc. Nous passons le repas à nous remémorer des souvenirs d'enfance et, tandis qu'on nous sert du tiramisu pour dessert, je me fais la réflexion que cela faisait longtemps que je ne m'étais sentie aussi bien en compagnie de ma famille. Peut-être suis-je fiévreuse ?

De retour à l'hôtel, nous découvrons qu'un feu de joie a été allumé sur la plage. Des guimauves et des biscuits sont distribués à la ronde pour confectionner des *s'mores*, un dessert typiquement américain.

Je m'assois dans le sable, un peu à l'écart de mes parents, et tombe dans la lune en contemplant les flammes. Je repense à toutes les émotions que j'ai vécues depuis hier. Et même depuis les derniers mois. Cela m'a pris du temps avant de réaliser que Maxime n'est pas fait pour moi. Nous avons eu de bons moments, c'est vrai. Je n'oublierai jamais nos fous rires, nos balades sous les étoiles ; des souvenirs heureux. Mais Max n'était pas le prince charmant que j'attendais. Et je n'étais pas non plus celle qu'il lui fallait. Je voulais tellement lui plaire que je cessais par moments d'être moi-même, faisant même semblant de m'intéresser comme lui à la course automobile. Paradoxalement, je souhaitais modeler Max pour qu'il corresponde à mon image du garçon idéal. Un peu comme si je découpais des bouts de mannequins dans un catalogue de mode pour composer le petit ami parfait. Ça ne pouvait pas marcher, je le réalise maintenant. Max est resté fidèle à ses passions et n'a fait aucun compromis. Voilà une leçon que je n'oublierai pas.

Je songe ensuite à Zach, que je n'ai pas revu de la journée. S'il est assez bête pour flirter devant moi avec mon amie, il ne mérite pas mon respect.

Benjamin me tire de ma rêverie en bayant aux corneilles. Papa et maman nous proposent de rentrer, mais je souhaite rester encore un moment devant le feu ardent. Je les laisse donc partir sans moi. Le bruit des vagues toutes proches se mêle au crépitement des bûches, et ces deux éléments ont sur moi un effet apaisant. Je demeure longtemps contemplative quand soudain une lumière bleutée me tire de ma rêverie. Quelqu'un a allumé une montre Indiglo afin de s'orienter dans la pénombre. La lueur s'approche, et je reconnais bientôt Javier. Dans une main, il tient un pichet de chocolat chaud, et dans l'autre, deux tasses arborant le logo de l'hôtel. Il me dit qu'il a fini son quart de travail et me demande s'il peut s'asseoir à mes côtés. Sa gentillesse me touche profondément. Nous buvons la boisson chaude à petites gorgées tout en détaillant les autres convives assis autour du feu. Un homme à la moustache proéminente s'est endormi sur sa chaise en toile, un livre ouvert sur ses cuisses. Plus loin, une dame jacasse sans arrêt; son conjoint fait semblant de l'écouter. À leur gauche, deux trentenaires qui sont en couple se tournent le dos. Ils n'échangent pas un regard de tout le temps que je les observe, et je me demande pourquoi ils sont en froid. Peut-être qu'elle désire avoir des enfants et pas lui… Ou qu'elle a obtenu une promotion dans une autre ville et qu'il refuse de sacrifier sa carrière pour la suivre… Je me tourne vers Javier et lui demande s'il sait comment se forment les couples. Et pourquoi ils se défont. Il hausse les épaules et me dit que s'il le savait, il serait riche. Je pouffe de rire. C'est la même réponse que j'ai servie à Justine. Je lui confie quelques-unes des théories que mes amies et moi avons élaborées. Javier m'écoute avec attention. Je sens que je peux tout lui dire, sans risquer d'être jugée.

# Chapitre 18

*— Do you have a girlfriend*[31] *?*

Je lui pose la question tandis qu'il me sert une deuxième tasse de chocolat.

Javier me parle d'une fille qu'il a rencontrée il y a deux ans. Peu après qu'ils ont commencé à se fréquenter, sa famille a déménagé à Houston, au Texas. Au début, ils se sont écrit. Puis, les missives se sont espacées, et un jour, sa dulcinée n'a plus donné aucune nouvelle. Elle avait rencontré quelqu'un d'autre. Javier lui en a voulu, mais plus maintenant. Il a confiance que la vie lui réserve des surprises. S'il est écrit dans les étoiles qu'ils sont destinés à se revoir, cette fille croisera à nouveau sa route. Mais peut-être quelqu'un d'autre l'attend-il et, dans ce cas, leur séparation prend tout son sens.

Je lui avoue que je ne crois pas au concept des âmes sœurs, même si ça fait le succès des films romantiques. J'ai sûrement des affinités avec plus d'une personne

31) As-tu une petite amie ?

sur Terre. Le contraire serait étonnant, frustrant, même ! Imaginez que mon âme sœur vive au Maroc ou en Écosse ! Je n'aurais aucune chance de la rencontrer ! C'est absurde. Je répète à Javier le conseil que maman m'a donné : il vaut mieux être avec quelqu'un qui partage nos passions, mais qui n'est pas complètement semblable à nous, et qui peut, en quelque sorte, contrebalancer nos défauts. Je pense que ça correspond à ce que sont mes parents l'un pour l'autre.

— *Are you sure you didn't put anything in that chocolate*[32] *?* me demande Javier, un sourire au coin des lèvres.

Je m'esclaffe. Je ne sais pas d'où me viennent tous ces mots, mais ils glissent sur ma langue avec aisance, comme si je les avais longtemps ruminés. Je réalise à ce moment que j'éprouve une envie folle d'embrasser Javier. Bien sûr, il est

32) Es-tu sûre que tu n'as rien mis dans ce chocolat ?

un peu plus vieux que moi. Et ce n'est pas le garçon le plus mignon du monde non plus. Mais Javier est attentionné et respectueux, et ça a son charme. Oui, je pourrais l'embrasser, mais je ne le fais pas, car au même moment, Dakota surgit en pleurs et s'effondre dans le sable à nos côtés.

— *Are you all right*[33]*?*

Évidemment, elle ne va pas bien, mais c'est toujours ce qu'on dit dans ces moments. Dakota se cache la tête entre ses bras et ne répond pas. Je l'entends sangloter doucement. Javier doit deviner qu'elle ne se confiera pas en sa présence. Prétextant devoir rapporter le pichet à la cuisine de l'établissement, il se relève. Avant qu'il parte, je lui lance :

— *You'll come back, won't you*[34]*?*

33) Est-ce que ça va ?

34) Tu vas revenir, n'est-ce pas ?

Il acquiesce silencieusement. Un vrai gentleman, je vous dis. Au bout d'un moment, Dakota relève le menton. Ses yeux rougis et alarmés évitent de croiser les miens. Son mascara a coulé sur ses joues et laissé des traînées noirâtres. Cherchant son souffle, elle parvient à articuler :

— *I'm so sorry, Rose. I stole your boyfriend*[35].

J'absorbe le choc. Je m'en doutais, mais j'ai quand même un petit pincement au cœur. Je rétorque que Zach n'était pas mon amoureux. Nous nous sommes seulement embrassés. Dakota renifle bruyamment en dodelinant de la tête. Elle me dit qu'elle était jalouse. Tous les garçons étaient à ses pieds, sauf lui. Elle le désirait comme un philatéliste recherche l'unique timbre manquant à sa collection.

35) Je suis tellement désolée, Rose. Je t'ai volé ton copain.

# Chapitre 18

*– I was stupid and vain. But I'm well punished: my desire to outshine you punched me back in the face, like a boomerang. I should have listened to daddy's preachments. He always talks about people wanting what they lack, and not appreciating what they already have*[36]...

Lorsque je lui demande ce qui la met dans un tel état, de nouvelles larmes coulent sur ses joues. Je devine qu'il ne sert à rien de la brusquer. Dakota finit par avouer qu'elle a peur de son père. S'il apprend ce qu'elle a fait, il la reniera, car elle aura déshonoré sa famille. Ça me semble un peu dramatique, mais je commence à comprendre que Zach

36) J'ai été stupide et insignifiante. Mais je suis bien punie : mon désir de te surpasser m'est revenu en pleine figure, comme un boomerang. J'aurais dû écouter les sermons de papa. Il parle toujours des gens qui veulent ce qui leur manque et qui n'apprécient pas ce qu'ils ont déjà...

a eu avec elle un comportement inapproprié. Dakota n'a pas le temps de terminer son récit que Javier est de retour. Il s'assoit à côté de moi sans dire un mot. Dakota dévisage le serveur avec méfiance, puis semble décider que sa présence n'a aucune importance.

— *We kissed last night, after you left, I'm sure you've already figured it out*[37].

J'acquiesce. Dakota me jure qu'elle s'en veut terriblement, elle a l'impression de m'avoir trahie. À sa décharge, elle n'avait jamais bu d'alcool de sa vie. Elle ne comprenait pas ce qui lui arrivait, elle se sentait différente, comme si, explique-t-elle, quelqu'un avait pris possession de son corps et lui avait dicté une attitude qu'en temps normal elle n'aurait jamais eue.

37) On s'est embrassés hier soir, après ton départ, comme tu dois t'en douter.

# Chapitre 18

Javier fixe les flammes devant lui, il paraît absorbé dans ses propres pensées, mais je le sens tendu, les muscles bandés, comme s'il était sur le point d'exploser.

Dakota nous avoue qu'après un moment, Zach a voulu plus que des baisers. Il a commencé à promener ses mains sur elle, et la rouquine l'a repoussé. Le frisé est revenu à la charge. Alors, elle lui a carrément demandé d'arrêter et a tenté de se dégager, mais Zach ne voulait rien entendre, il l'écrasait de tout son poids en disant qu'elle en avait envie, que son attitude à la piscine le prouvait, que son bikini n'était qu'une invitation à la peloter.

> — *What?* tonne Javier. *This is bullshit! A girl can wear what she wants, that doesn't mean she wants to have sex*[38]*!*

38) Quoi ? Quelle connerie ! Une fille peut porter ce qu'elle veut, ce n'est pas une invitation sexuelle !

Posant une main sur son bras, je lui intime de se calmer. Il a raison, mais il doit laisser Dakota achever son histoire. La pauvre est à nouveau secouée de sanglots, puis elle reprend contenance et nous explique que Zach a essayé de la forcer à faire des choses dont elle n'avait pas envie. Elle ne dit pas quoi, mais nous nous en doutons. Ils étaient à l'abri d'une dune et personne ne les voyait, car la pénombre s'était installée. Dakota s'est débattue férocement et elle a fini par lui administrer un solide coup de genou dans l'entrejambe. Il s'est alors écarté en grimaçant. La pauvre en a profité pour se relever et s'enfuir, mais son assaillant l'a rattrapée. Cependant, autour d'eux, il y avait maintenant beaucoup de monde, et Zach n'a plus osé la toucher. Il l'a plutôt menacée : si elle racontait ce qui venait d'arriver, il jurerait à son père qu'elle buvait comme une ivrogne et que c'est elle, en fait, qui lui avait fait des avances.

# Chapitre 18

Sa perfidie me bouleverse presque autant que les gestes qu'il a posés. Zach devait se douter que son chantage ferait effet, sachant très bien ce que les mormons pensent de l'alcool. Dakota termine son récit en nous avouant qu'elle est terrorisée à l'idée que sa famille apprenne sa conduite. Elle a passé la journée à chercher Zach afin de s'expliquer, mais ne l'a trouvé nulle part. Javier lui apprend qu'il l'a vu partir à l'aurore pêcher avec des amis en haute mer. Nous demeurons tous trois silencieux. Je réalise que j'ai été chanceuse. Ce que Dakota a vécu aurait pu m'arriver.

— *It's harrassment, that's what it is*, finit par articuler Javier, une pointe de colère dans la voix. *He shouln't get away with that*[39].

Dakota me demande ce que je ferais à sa place. Je lis dans ses yeux de la peur

39) C'est du harcèlement, voilà ce que c'est. Il ne faudrait pas qu'il s'en tire comme ça.

et de la honte. À première vue, je me sens aussi désemparée qu'elle. Puis, je repense aux mauvais tours que j'ai joués à Maxime quand j'ai voulu me venger de lui, et cela me donne une idée. Pour reprendre une expression de ma grand-mère, rira bien qui rira le dernier.

# Chapitre 19

## VENDREDI 6 MARS 1998

NOMBRE DE JOURS SANS AMOUREUX :

2, mais je m'en moque totalement

TEMPÉRATURE EXTÉRIEURE :

27 °C

Aujourd'hui, papa, maman et Benjamin vont visiter Disney-MGM Studios, un des trois parcs d'attractions du Walt Disney World Resort. Je pense qu'ils ont aussi l'intention de faire un saut à Epcot. Comme ne cesse de le rappeler mon père, nous avons dû abréger notre séjour pour nous payer l'avion, et il faut maintenant maximiser nos journées.

J'avais d'abord l'intention de les accompagner. J'adore le cinéma et j'ai envie aussi de passer du bon temps avec ma famille. Mais j'ai quand même prétendu que je préférais rester avec Dakota, qui n'en mène pas large. Papa a paru très déçu, mais maman s'est montrée compréhensive. Elle sait que mes amies ont toujours été importantes pour moi (sauf à l'époque où je sortais avec Max et où je les négligeais beaucoup). Certes, Dakota n'est qu'une amie de passage, et nous ne nous reverrons probablement jamais, mais s'il est une chose que les Spice Girls m'ont enseignée, c'est que nous, les filles, nous devons nous serrer les coudes en toutes circonstances et nous faire respecter des garçons. J'ai envie de donner une leçon à Zach et de lui faire passer l'envie de répéter avec une autre ce qu'il nous a fait vivre.

Peu après le départ de ma famille, j'assiste à celui de Max. Ses parents ont privilégié la voiture pour venir en Floride et, pour eux, l'heure du retour a déjà sonné. Depuis la véranda, je les observe empiler leurs effets personnels dans le coffre de la voiture. Maxime m'ignore délibérément, mais sa mère me salue d'un geste de la main. Je suis contente que nous nous soyons parlé, l'autre jour, Max et moi. Il sait désormais que je ne suis plus amoureuse de lui. Nous allons à nouveau nous croiser à l'école, mais sans éprouver de malaise, je pense. Il va poursuivre sa vie et moi la mienne. Je ne l'oublierai pas, il sera toujours mon premier amour. Et si j'apprends qu'il trompe à nouveau Steffi, il saura ma façon de penser. *Girl Power!*

Je passe la matinée sur la plage à relire mon scénario à l'ombre d'un parasol, sans chercher pour autant à jouer les starlettes. Autour de moi, des parents et des enfants s'amusent. J'essaie brièvement d'imaginer la vie de ces gens, mais finis par y renoncer. Chaque famille a probablement une histoire fascinante à raconter.

Pour déjeuner, je choisis une simple salade de crevettes et une montagne de dessert en gelée à tous les goûts. Je me suis tellement empiffrée ces derniers jours que la vue de pizzas et de burgers suffit à me donner la nausée. Vient ensuite l'heure de mettre à exécution le plan que nous avons concocté, Dakota, Javier et moi, afin de rendre à Zach Harrington (j'ai fini par découvrir son nom) la monnaie de sa pièce.

Suivant ce dont nous avons convenu, je retourne sur la plage et m'installe au pied d'un bosquet de palmiers, un peu en retrait de la foule des baigneurs. Zach vient m'y rejoindre. C'est moi qui lui ai donné rendez-vous. Il s'allonge sur le sable, et je m'installe à côté de lui, tout sourire. En réalité, je suis plus anxieuse qu'avant un exposé en classe. Je m'apprête à jouer le rôle de ma vie ! Je suis d'autant plus intimidée que je ne porte que mon maillot de bain. Honnêtement, en ce moment, je préférerais être habillée pour affronter une tempête de neige. Ma tenue fait cependant partie du stratagème. Zach me dit que je suis belle, et je fais mine de rougir à son compliment, alors qu'en réalité je brûle d'envie de lui casser les dents.

— *It's very hot today, I hope you brought something to drink*[40].

Zach me dévisage avec curiosité. Mon changement d'attitude le surprend. Je lui raconte que, l'autre jour, je n'avais pas le cœur à la fête, car je venais de me disputer avec mes parents, justement à propos de l'alcool. J'explique qu'ils refusent de me laisser boire, alors que moi, je me sens suffisamment âgée pour faire mes propres choix. Zach gobe totalement

40) Il fait très chaud aujourd'hui, j'espère que tu as apporté quelque chose à boire.

cette histoire. Il me dit qu'à ses yeux je suis assez mature pour bien des choses.

Comme je l'anticipais, mon prétendant tire des canettes de bière de son sac à dos et les ouvre. Je porte la mienne à mes lèvres et fais semblant de boire. Nous discutons un moment de la vie qui nous attend au retour des vacances. La pensée que nous aurons bientôt à étudier en vue d'examens nous déprime un peu. Zach termine rapidement sa bière ; je lui offre la mienne. Il s'en empare sans sourciller. À mesure qu'il boit, Zach est de plus en plus volubile. Il prétend s'être ennuyé de moi, il aurait aimé que je l'accompagne à la pêche ce matin. Ses amis et lui ont rapporté un tarpon de belle dimension. Je n'ai aucune idée de quelle variété de poisson il s'agit. À aucun moment Zach ne souffle mot au sujet de Dakota. Comme s'il n'était rien arrivé après que je les ai laissés en plan la dernière fois. Le salaud doit penser qu'elle a pris ses menaces au sérieux et ne m'a rien révélé de ses agissements.

Tandis que je fais semblant d'être peinée d'avoir raté une si belle excursion, Zach se penche vers moi, yeux mi-clos, lèvres entrouvertes. J'ai un mouvement de recul. Son haleine chargée d'alcool me lève le cœur.

Au même moment, une ombre se profile au-dessus de nous. Je reconnais avec soulagement un des maîtres nageurs qui surveillent cette plage. Les yeux du sauveteur se promènent entre Zach et les canettes à ses pieds. Affectant un air angélique, j'explique que je n'ai rien bu, je n'ai après tout que quatorze ans. L'homme approche son nez de mon visage, inspire un bon coup et hoche la tête d'un air convaincu.

— *And you, young man, how old are you*[41]*?*

41) Et toi, jeune homme, quel âge as-tu ?

Zach évite de répondre. Jusqu'à présent, tout fonctionne comme prévu. Dakota est allée trouver le maître nageur pour l'informer qu'elle avait vu un garçon se soûler en plein jour, au milieu d'innocentes familles. Que la fille d'un pasteur mormon soit aussi zélée ne lui a pas paru suspect. Mon prétendant est maintenant dans les ennuis jusqu'au cou. Son haleine est compromettante, et il n'a pas l'âge légal de se procurer de l'alcool. Le *lifeguard* somme Zach de se relever et de le suivre. Tournant la tête vers moi, il ajoute :

— Off you go, young lady. I have nothing against you. But I dare say you should choose your friends more carefully[42].

J'acquiesce énergiquement. Zach marche bientôt dans les pas du surveillant en

42) Tu peux t'en aller, jeune fille. Je n'ai rien contre toi. Mais tu devrais choisir plus soigneusement tes amis.

direction de la jetée. Curieuse de découvrir la suite de notre mise en scène, je les suis de loin, repérant Javier caché comme prévu derrière un autre palmier. Il m'aperçoit et lève un pouce en l'air. Zach n'est pas encore tiré d'affaire.

Le sauveteur s'immobilise devant une barque motorisée et demande à Zach s'il se rappelle avoir utilisé ce bateau. Ce dernier hoche la tête tout en précisant qu'il a payé sa location. Un petit attroupement de gens curieux se forme autour d'eux. Ils sont bientôt rejoints par un homme en costume gris qui peine à marcher dans le sable avec ses souliers vernis. C'est monsieur Anderson, le directeur de l'hôtel.

— *So, he's the little culprit*[43]*?*

Le *lifeguard* acquiesce. Zach ouvre la bouche pour protester, puis la referme aussitôt en reconnaissant son père dans la foule. Le directeur de l'établissement

43) Alors, c'est lui, le coupable ?

pointe d'un index accusateur le caisson en osier au fond de la barque. C'est le genre de cageot que les pêcheurs utilisent pour ranger leurs hameçons. Monsieur Anderson demande à Zach s'il reconnaît le panier. Ce dernier se contente de hausser les épaules en jetant de brefs regards à gauche et à droite, comme s'il cherchait une porte de sortie.

— *Of course, it's yours, I gave it to you*[44]! s'écrie le père de Zach, visiblement furieux.

Le maître nageur soulève le couvercle. À la place des appâts et des bobines de fil qu'on s'attendrait à y trouver s'empilent une demi-douzaine de bouteilles d'alcool ambré.

— *I… I don't understand*[45]…, balbutie l'adolescent.

44) Bien sûr, c'est le tien, je te l'ai offert !

45) Je… Je ne comprends pas…

# Chapitre 19

Le directeur se tourne vers le père de Zach et lui explique que, depuis quelques jours, des vols ont été perpétrés dans la cuisine de son établissement. Au début, quelques dizaines de canettes de bière ont disparu, puis on lui a signalé que des bouteilles d'alcool fort s'étaient aussi volatilisées. Il soupçonnait un groupe de jeunes vacanciers de se servir dans son réfrigérateur comme à la maison, mais n'avait pas de preuve de leurs agissements. Aujourd'hui, cependant, une personne digne de confiance lui a révélé avoir découvert l'endroit où était entreposé l'alcool volé.

Zach est acculé au pied du mur. Du bout des lèvres, il reconnaît avoir piqué de la bière et du rhum dans la cuisine de l'hôtel. C'était la seule manière pour lui de s'en procurer. Javier s'en doutait, et c'est pourquoi, ce matin, il l'a suivi discrètement. Il a alors découvert que Zach ne remplissait pas son cageot d'appâts, mais des bouteilles fraîchement dérobées.

Ensuite, il ne s'éloignait pas du rivage pour mouiller sa ligne, mais pour boire en toute sérénité.

En fin d'après-midi, je retrouve Dakota sur le bord de la piscine pour partager avec elle un verre de glace pilée arrosée de jus d'ananas. Ma nouvelle amie ne cesse de me répéter combien elle est épatée par mon audace ; elle-même n'aurait jamais eu le courage de tendre un tel piège à ce beau parleur de Zach. Je lui confie que j'aime jouer la comédie et lui parle des rôles que j'ai tenus jusqu'à présent. Dakota promet d'en glisser un mot à l'un de ses cousins, qui est impresario en Californie. Dans ma tête, je me vois déjà en tête d'affiche de la prochaine comédie à succès.

J'aurais préféré que Dakota dénonce elle-même la conduite de Zach à son endroit, mais elle ne pouvait s'y résoudre. Sa peur du jugement de ses parents est plus grande que son traumatisme. Compatissant, Javier lui a rappelé qu'elle peut porter plainte à tout moment et que, si elle change d'avis, il sera là pour l'appuyer. Moi aussi. Je témoignerai par téléphone s'il le faut. Je pense que Dakota se souviendra toute sa vie de son manque de jugement. Elle ne se remettra pas de sitôt dans une situation où elle pourrait être vulnérable.

De son côté, Zach ne s'en tire pas sans conséquence. Il va devoir se présenter devant un tribunal juvénile, où il écopera probablement d'une amende salée. Son père la paiera, évidemment. Cependant, monsieur Harrington a laissé entendre que Zach devra lui rembourser la somme jusqu'au dernier sou. Il songerait même à enrôler son fils dans l'armée afin de lui mettre un peu de plomb dans la tête. Une expression plutôt sinistre, quand on y pense. En tout cas, ça devrait lui faire passer l'envie de recommencer.

Les valises des Harrington ont vite été bouclées, et Zach est maintenant en route pour le New Jersey.

Bon débarras.

# Chapitre 20

## SAMEDI 7 MARS 1998

**NOMBRE DE JOURS SANS AMOUREUX :**

j'arrête de compter, c'est pas ça, le plus important

**TEMPÉRATURE EXTÉRIEURE :**

22 °C et toujours aucune trace de nuages

Benjamin et mes parents ne sont rentrés qu'à minuit. Moi, je dormais déjà à poings fermés. Ce n'est que ce matin que j'ai entendu le compte rendu de leurs péripéties.

— C'était comment, Epcot ?

— Formidable, me confie maman. J'ai pu visiter la Norvège et le Maroc dans la même journée !

Elle me montre le foulard de soie qu'elle s'est procuré dans une boutique du pavillon japonais.

— Nous avons mangé dans un excellent restaurant mexicain, ajoute papa en pointant la tête hors de la salle de bain, le visage enduit de mousse à raser.

J'ai envie de poser d'autres questions, mais mes parents retournent rapidement à leurs occupations. On dirait qu'ils essaient de masquer leur gaieté pour ménager ma susceptibilité. Je me tourne vers Benjamin, qui badigeonne généreusement de beurre de cacahuètes deux tranches de pain blanc. Je le presse de me raconter sa journée. Ben secoue la tête et me fait signe de patienter. Comme dans une pièce de théâtre bien orchestrée, maman s'isole dans sa chambre pour s'habiller et papa referme derrière lui la porte de la salle de bain.

— J'espère que tu t'es bien amusée de ton côté, me confie Ben, parce qu'on a passé une journée for-mi-dable.

— Disney World est aussi magique que le prétendent les publicités ?

Il me regarde comme si j'avais dit une bêtise.

— Le matin, on a fait une balade dans une sphère semblable à celle de l'île Sainte-Hélène, une épopée à travers des tableaux présentant l'histoire des communications et, à bord d'un bateau, on a visité une serre où des tomates poussent la tête à l'envers.

Je m'explique mal son enthousiasme, tout ça me semble plutôt éducatif. Ben paraît suivre le fil de mes pensées.

— Attends, le meilleur arrive.

Il me parle alors du parc Disney-MGM Studios, de ses rues à l'image de celles de Hollywood et des figurants qui y apostrophent les passants. Il me décrit ensuite un atelier qu'il a pu visiter où des artisans travaillent sur un nouveau film d'animation. Après une bouchée de tartine, Ben me décrit aussi le théâtre des Muppets, la parade des jouets de *Toy Story* ainsi que les danseurs et les pantins qui figuraient des personnages de *Pocahontas*.

— Bah, tu sais, moi, les marionnettes…

# Chapitre 20

Benjamin n'est pas dupe : j'ai de plus en plus de mal à cacher ma déception d'être demeurée à l'hôtel. Comme s'il voulait enfoncer le dernier clou dans mon cercueil, il ajoute :

— Tu aurais adoré l'attraction basée sur *Star Wars*. J'avais l'impression d'être dans un véritable vaisseau, mon siège bougeait au rythme de la musique, c'était totalement génial !

Je pousse un long soupir.

— Ne le répète pas aux parents, mais je vous envie.

Ben m'adresse un sourire complice.

— Je sais.

— Au fond, je ne DÉTESTE pas Disney, c'est juste que

j'aime aussi d'autres choses. En grandissant, tu vois, mes intérêts se sont diversifiés...

— Je le sais, répète Ben en avalant la dernière bouchée de son petit-déjeuner.

Il s'empare ensuite de son Game Boy et va s'asseoir au salon, me laissant seule à table avec mes pensées. Peu après, maman sort de sa chambre. Elle porte un t-shirt arborant la silhouette de Minnie Mouse. Sans doute un achat qu'elle a fait hier. Si j'avais été là, je lui aurais déconseillé cette couleur, le kaki ne lui va pas du tout.

— Vous allez où aujourd'hui ?

— Comme c'est la dernière journée des vacances, on va la passer entièrement au Magic Kingdom. On a gardé le meilleur pour la fin.

# Chapitre 20

J'acquiesce en silence. J'ai envie de m'émerveiller, de rire et de m'amuser. Piétinant mon orgueil, je me lève et demande :

— Je pourrais y aller, moi aussi ?

Maman fronce brièvement les sourcils, puis son visage s'illumine, comme si elle réalisait le sens de mes mots. Elle me serre alors contre elle, une longue étreinte qui me fait un bien fou. Pas de sarcasme ni de sermon, juste la chaleur de ses bras. À cet instant, papa sort de la salle de bain.

— Qu'est-ce qui se passe, j'ai raté quelque chose ?

— Aujourd'hui, Lili-Rose aimerait venir avec nous.

Mon père pousse un hurlement à réveiller les morts et se met à danser autour de la table. Je ne l'ai jamais vu aussi extatique, des larmes de joie perlent au coin de ses yeux. Il vient lui aussi m'enlacer, ému au-delà des mots.

— Câlin familial ! s'exclame Ben en levant les yeux de sa console. Attendez-moi !

Nous demeurons un moment silencieux, collés les uns contre les autres, et je devine que je vais me rappeler toute ma vie ce moment.

Je vais vous dire un truc : j'adore mes amies, mais les amitiés se font, se défont, puis se renouent au fil des saisons. Et puis, nos complices ne sont pas toujours ceux que nous pensons. Mais notre famille, elle, est unique. Je n'aurai jamais qu'un père, une mère et un seul frère (c'est bien suffisant !). Et malgré leurs défauts, je les aime beaucoup.

# Chapitre 21

## ENCORE SAMEDI 7 MARS 1998

TEMPÉRATURE EXTÉRIEURE :

29 °C

Je ne vous conterai pas en détail cette journée magique, il y aurait trop à dire. Mais j'aimerais vous révéler ce qui m'a le plus impressionnée. D'abord, le parking, immense : il a fallu emprunter une navette motorisée pour gagner l'entrée du parc. Une locomotive à vapeur entrait en gare au moment où nous sommes arrivés. À son bord se trouvaient Mickey et d'autres mascottes. Tous sont descendus nous saluer. Maman sautillait comme une enfant à la vue de Pinocchio. Apparemment, ce personnage a toujours été son préféré. La foule s'est engagée sous la gare, et nous l'avons suivie pour émerger sur une place publique tirée tout droit d'une autre époque. Je n'avais pas assez d'yeux pour admirer tout à la fois les jolies boutiques, le théâtre, la caserne des pompiers, la fanfare qui marchait au pas en interprétant un air connu. Plus loin, des enfants faisaient déjà la file pour se faire photographier en compagnie de Marie, la chatte blanche des *Aristochats.* Guidés par des odeurs de maïs soufflé et de caramel, nous nous sommes avancés au milieu de la place, et c'est là que les jambes ont failli me manquer. Au bout de l'avenue se trouvait le château de Cendrillon, encore plus majestueux que je l'avais imaginé. Quand j'étais petite, mes films préférés étaient précédés de la silhouette d'un château que survolait la fée Clochette. Et voilà que le monument se dressait devant moi, comme s'il m'attendait. J'ai eu peine à retenir mes larmes.

# Chapitre 21

Le reste de la journée ne fut d'ailleurs qu'une succession d'émotions. Nous avons côtoyé des cow-boys et combattu des pirates, grimpé au sommet d'un arbre géant, voyagé dans l'espace, descendu des rapides et escaladé des montagnes, mais ce n'est pas ça, le plus important.

Nous avons aussi dansé et chanté des chansons, marché jusqu'à en avoir mal aux pieds, mangé des bretzels et bien des sucreries, mais ce n'est pas ça, l'essentiel.

Le plus important, c'est que j'ai réalisé qu'ici j'avais la permission de redevenir, le temps d'une journée, la petite fille que j'ai déjà été. Je pouvais à nouveau rêver d'être une princesse ou une sorcière, une grande actrice ou une hôtesse de l'air. J'avais le droit de danser si j'en avais envie, de marcher sur les mains, de rire à en avoir mal au ventre et de manger des bonbons en quantité industrielle sans la moindre trace de culpabilité.

Le soir venu, ma famille et moi avons pris place devant le château. Des notes de musique ont retenti, puis le ciel s'est embrasé de mille feux. Papa avait la larme à l'œil. Je me suis dressée sur la pointe des pieds, je l'ai embrassé sur la joue et lui ai glissé à l'oreille qu'en ce moment je ne voulais être nulle part ailleurs ni avec personne d'autre. Il a sangloté de plus belle.

Après ça, la route jusqu'à Cocoa Beach nous a semblé interminable. À un moment, nous avons même pensé nous être encore trompés de direction. La vue du phare brillant dans la nuit nous a rassérénés. Une fois à l'appartement, malgré la fatigue, nous avons eu un mal fou à nous endormir. Chacun avait quelque chose à raconter, personne ne souhaitait que cette journée se termine. Papa a fini par éteindre les lumières, nous rappelant qu'il fallait nous lever tôt pour attraper notre vol de retour. J'ai quand même entendu mes parents parler un long moment. Lorsque tout est devenu silencieux, mon frère est venu me trouver, son oreiller sous le bras.

— Je peux dormir avec toi, ce soir ?

Normalement, je l'aurais envoyé promener, mais j'avais encore de la poudre de fée dans les yeux et j'ai accepté avec joie. Nous avons échangé quelques anecdotes, et Ben n'a pas tardé à ronfler. Moi, j'ai continué à ruminer mes pensées. Encore quelques heures et nous serions de retour dans le froid, la neige et les soucis. L'école reprendrait. Mes leçons de théâtre aussi. À nouveau, j'ai songé à cette petite fille que je n'étais plus, celle qui aimait se déguiser en chaton à Halloween, dessiner des châteaux avec des pastels ou écouter des livres-disques narrant les aventures de princesses merveilleuses. J'ai réalisé que cette part de moi, dont j'avais tant voulu me distancier ces derniers temps, ne me quitterait plus.

Comme cette enfant, j'allais dorénavant tâcher de ne pas m'inquiéter de ce que les autres pensent de moi.

J'allais écouter uniquement de la musique pop si le cœur m'en disait et je retournerais voir *Titanic* autant de fois que je le voudrais. Je serais Lili-Rose Laframboise, une fille pleine de défauts, mais surtout authentique et unique. Et je ne laisserais plus personne décider pour moi de ce que je devrais aimer ou penser.

Encore moins si c'est un garçon.

# Chapitre 22

## DIMANCHE 8 MARS 1998

TEMPÉRATURE EXTÉRIEURE :

30 °C (je n'ose pas imaginer le temps qu'il peut faire à Orlando en juillet) – à notre arrivée à Montréal, il fait toutefois 11° en dessous de zéro, ce qui est franchement déprimant

Nous sommes de retour à l'aéroport de Dorval. Cette fois, notre vol s'est déroulé sans histoire, et personne n'a été malade. Nous retrouvons notre voiture ensevelie sous une montagne de neige. Elle nous fait l'effet d'une vieille amie dont nous nous serions ennuyés. Après une semaine dans le froid, elle peine à démarrer, et nous l'encourageons en chœur. Une fois sur l'autoroute, nous roulons en silence, chacun plongé dans ses propres pensées. Maman finit par fredonner It's a Small World, un air que je n'ai pas fini d'entendre. Papa aussi paraît serein. Il tapote le volant au rythme de la ritournelle. Le nez collé à ma fenêtre, je regarde défiler les tas de neige. Bientôt, ce sera le printemps. J'ai déjà hâte de porter à nouveau mes vêtements achetés à l'aéroport. Détournant la tête, je croise le regard de papa dans le rétroviseur.

— Ce serait bien d'y retourner un jour, non ? me demande-t-il avec un sourire espiègle.

— Oh, oui ! s'exclame aussitôt Benjamin.

— Je suis partante, acquiesce maman.

Tous me dévisagent. Comme je ne réponds pas immédiatement, une trace d'inquiétude se forme sur le front de mon père. J'esquisse alors un grand sourire.

— Ne disiez-vous pas qu'un quatrième parc à thème sera inauguré prochainement ? J'ai hâte de découvrir ça !

Papa et maman échangent un regard complice. J'ajoute aussitôt :

— La prochaine fois, on pourrait retourner au même hôtel ? Il était bien, non ? Je vais m'ennuyer des toilettes roses.

— C'est notre appartement que tu veux revoir ou l'un des employés ? me souffle Ben.

Je suis trop étonnée que mon frère connaisse l'existence de Javier pour répliquer quoi que ce soit. Il nous a probablement vus nous dire au revoir ce matin, près du phare. Une simple accolade, mais quand même un beau moment. Nous avons échangé nos coordonnées et promis de nous écrire. J'ai aussi conservé celles de Dakota. Peut-être parlera-t-elle véritablement de moi à son cousin impresario ?

Cependant, la réplique de Ben n'est pas passée inaperçue.

— De qui parle-t-il ? demande papa, sourcils froncés.

Je préfère changer de sujet pour éviter des questions embarrassantes.

— Tant qu'à rêver tout haut, j'aimerais suivre un cours d'anglais et améliorer ma diction. Lorsque j'aurai l'âge requis, je pourrais essayer de me faire engager par Disney et d'incarner une princesse.

# Chapitre 22

Papa est si surpris qu'il manque de percuter le véhicule devant lui. Lorsqu'il a retrouvé la maîtrise de l'auto, j'ajoute que ce serait un beau défi pour quelqu'un qui rêve d'être actrice.

— Vous pourriez venir me voir, je vous signerais des autographes.

Papa secoue la tête, l'air découragé, tandis que maman retient un fou rire.

— Sinon, mon autre projet serait de me faire percer le nombril.

— Il n'en est pas question, jeune fille.

— Pocahontas a un tatouage, je pourrais l'imiter ?

— Non.

— Pourquoi pas ?

Mon père émet un grognement.

— Parce que.

Notre discussion se poursuit jusqu'à la maison. Je suis persuadée que papa est content, en fin de compte, que nous ne soyons pas rentrés au Canada en voiture.

Notre boîte aux lettres déborde. Une tonne de pubs et de factures ont été livrées pendant notre absence. Au milieu de cette paperasse, je trouve une grande enveloppe à mon nom. Ça vient de la commission scolaire. Je m'attends à y trouver mon bulletin de fin de trimestre, mais elle contient plutôt de la documentation sur un programme d'échange offert dans toute la francophonie. Mes yeux sautent d'une expression à l'autre : *immersion totale... élargis tes horizons...*

*fais-toi de nouveaux amis… découvre une autre culture…*

— C'est une chance unique à saisir ! dis-je.

Papa passe en revue les différents dépliants.

— Trois semaines dans un autre pays ?…

— Ça a l'air intéressant, non ?

— La date limite pour t'inscrire est la semaine prochaine. C'est rapide. On vient juste de rentrer. Tu voudrais déjà repartir ?

Je dois en donner l'impression : j'ai encore mes bottes aux pieds et mon manteau sur le dos.

— Ça m'intéresserait d'élargir mes horizons ! En fin de compte, j'ai aimé ce séjour en Floride. J'aimerais bien répéter l'expérience ailleurs.

J'ouvre mon sac, trouve mon carnet et lui montre la liste de mes destinations de rêve.

— Tu vois ? Ce n'est pas d'hier que je souhaite visiter Paris.

— Moi aussi, je veux refaire un voyage ! lance Benjamin.

Papa roule les yeux, tandis que maman camoufle un sourire.

— Chaque chose en son temps, jeune homme.

Ben monte dans sa chambre en bougonnant. Je tente de pousser mon avantage.

# Chapitre 22

— Vous deux, avez-vous déjà fait un voyage quand vous étiez étudiants ?

Maman me lance un regard lourd de sous-entendus.

— Tu ne veux pas vraiment qu'on te raconte nos aventures de jeunesse, n'est-ce pas ? Ce que tu veux savoir, c'est ce qu'on pense de l'idée que TU partes à l'étranger…

Elle a raison, évidemment.

— On est d'accord, dit papa, que les voyages forment la jeunesse. Mais tes notes risquent de chuter. Tu te maintiens dans la moyenne, c'est vrai, mais tu pourrais faire mieux. Trois semaines sans aller à l'école, ça demanderait un sérieux rattrapage.

— Je peux étudier plus sérieusement !

— Il n'y a pas que ça. Tu as aussi tes cours d'art dramatique et, à l'école, la troupe de théâtre compte sur toi.

— Mais je ne renonce à rien de tout ça ! Ce ne serait qu'une petite pause ! Je veux simplement vivre une nouvelle expérience…

— C'est ce que je pensais, souligne papa. Et c'est pour ça que je suis plutôt d'accord avec ce projet.

# Chapitre 22

— S'il te tient vraiment à cœur, je l'approuve moi aussi, ajoute maman.

— Pas moi ! s'exclame Benjamin, du haut de l'escalier.

Mes parents éclatent de rire. J'ai envie de me pincer. C'était presque trop facile. Je pensais devoir argumenter durant des jours et des jours. Je saute au cou de ma mère, puis serre très fort mon père.

— Vous êtes trop cool ! Merci ! Merci !

Paris, me voici !

# CE QUE J'AI APPRIS DURANT CE VOYAGE

1. Petits ou grands, les voyages nous transforment.
2. Mon frère peut aussi être mon allié.
3. Mes parents sont les meilleurs parents du monde (la plupart du temps).
4. Il ne faut pas se fier aux apparences, surtout quand il s'agit de garçons.
5. Même si je vieillis, j'ai le droit de garder mon cœur d'enfant.

À suivre...

# Petit lexique pour mieux comprendre LES ANNÉES 1990

**Arnold Schwarzenegger** Acteur, culturiste et politicien américain. Connu pour avoir joué aussi bien dans des films d'action tels que *Terminator* (1984), *Total Recall* (1990) ou *True Lies* (1994) que dans des comédies comme *Un flic à la maternelle* (1990), *Last Action Hero* (1993) ou *Junior* (1994). Il a été élu gouverneur de Californie en 2003 et à nouveau en 2006.

**Backstreet Boys** Groupe pop originaire d'Orlando, en Floride. Leur album sorti en 1996 comprenait les hits *Get Down (You're the One for Me)* et *Quit Playing Games (with My Heart)*. Ce *boys band* a été adulé au Québec et en Europe avant d'être véritablement reconnu aux États-Unis. Nick Carter et ses compères ont vendu plus de 130 millions d'albums à travers le monde.

**Baladeur** En 1998, Spotify et iTunes n'existaient pas. Les logiciels de téléchargement pirate non plus. Le moyen le plus simple d'écouter de la musique demeurait la radio ou l'achat de disques compacts et de cassettes audio. Même si une seule chanson nous intéressait, il fallait se procurer l'album complet. Cette musique s'écoutait sur des lecteurs fixes (alimentés à l'électricité) ou portatifs (piles). La compagnie Sony fut une pionnière, avec son walkman (1979) puis son discman (1984).

Beverly Hills 90210 Feuilleton télévisé diffusé de 1990 à 2000, qui racontait la vie d'adolescents fréquentant un collège huppé dans un quartier branché de Los Angeles.

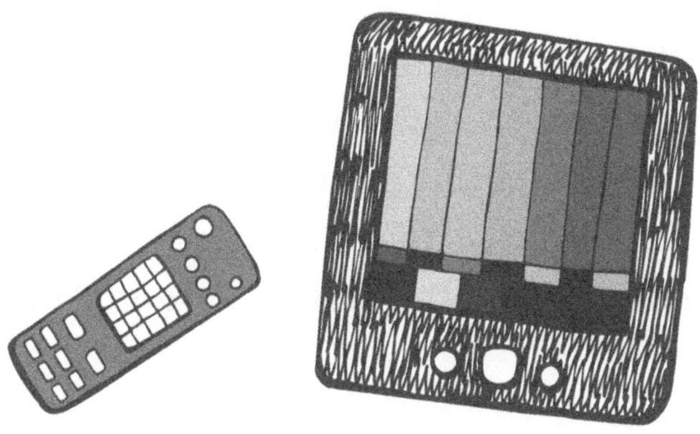

Lexique

Céline Dion Chanteuse québécoise née en 1968, connue notamment pour son interprétation de la chanson thème du film *Titanic*, *My Heart Will Go On*. Les paroles auxquelles Lili-Rose fait référence sont tirées de la chanson *Les derniers seront les premiers*, titre paru sur l'album *D'eux* en 1995. Cet album, écrit et réalisé par le chanteur Jean-Jacques Goldman, est le disque francophone le plus vendu de l'histoire de la musique.

Cinéma Le Parisien Ce cinéma a ouvert ses portes en 1917 sous le nom de Princess Cinema. En 1963, il fut renommé Le Parisien. L'endroit présentait des films en français et, jusqu'à ce qu'il cesse ses activités en 2007, c'était le cœur du Festival des films du monde.

Claire Danes Actrice américaine née en 1979. À seize ans, elle a gagné un Golden Globe pour son rôle dans la série *Angela, 15 ans*. Elle a ensuite joué dans *Les quatre filles du docteur March*, puis incarné Juliet Capulet dans le film *Romeo + Juliet*. Ce rôle lui a valu le MTV Movie Award de la meilleure actrice.

Déluge du Saguenay Du 19 au 21 juillet 1996, des pluies torrentielles se sont abattues sur plusieurs régions du Québec. Le Saguenay a été particulièrement touché et a subi des dégâts très importants. Pour l'ensemble de la province, les dommages causés par ce déluge se sont élevés à plus d'un milliard et demi de dollars. Seize mille personnes ont été évacuées, et des décès ont aussi été recensés.

Disney-MGM Studios Lorsqu'il a ouvert ses portes en 1989, ce parc à thème dédié au monde du cinéma était aussi un lieu de production cinématographique, avec de véritables studios que les touristes pouvaient visiter. À la fin du partenariat avec le studio MGM en 2008, le parc a changé de nom pour devenir Disney's Hollywood Studios.

Don't Look Back in Anger Chanson du groupe Oasis figurant sur l'album *(What's the Story) Morning Glory?* paru en 1995. Avec 22 millions d'exemplaires, il s'agit du troisième album britannique le plus vendu de tous les temps, derrière *Sgt. Pepper's Lonely Hearts Club Band* des Beatles et *Greatest Hits* de Queen.

Epcot Parc à thème inauguré en 1982. Son nom est l'acronyme d'Experimental Prototype Community of Tomorrow, un projet de ville futuriste imaginé par Walt Disney. Après le décès de celui-ci, l'idée évolua en parc d'attractions présentant différentes technologies ainsi que l'architecture et la culture de plusieurs pays.

Expos de Montréal Équipe de la Ligue nationale de baseball, de 1969 à 2004. En 1997, l'équipe comprenait notamment le lanceur Pedro Martinez (futur membre du Temple de la renommée) et les joueurs Rondell White, David Segui et Vladimir Guerrero, alors âgé de seulement vingt-deux ans, mais appelé à devenir une très grande star. Cette année-là, les Expos ont compilé une fiche de 78 victoires et 84 défaites, terminant en quatrième place de leur division.

Fake Plastic Trees Chanson du groupe Radiohead tirée de l'album *The Bends*, sorti en 1995 et certifié trois fois platine au Canada et en Grande-Bretagne.

Ford Contour Voiture familiale produite de 1993 à 2000 pour combler un vide entre le modèle économique Escort et la luxueuse Taurus.

Forrest Gump Film réalisé par Robert Zemeckis en 1994, relatant l'histoire américaine des années 1950 à 1980 à travers les yeux d'un simple d'esprit, doué pour la course à pied, et qui se retrouve malgré lui mêlé à divers événements d'envergure. L'Académie du cinéma a récompensé ce film de six Oscars, dont Meilleur film, Meilleur acteur

(Tom Hanks) et Meilleur réalisateur. La trame sonore est truffée de nombreuses chansons populaires, et la musique orchestrale est signée Alan Silvestri (le compositeur qui a aussi écrit la trame sonore des films *Retour vers le futur*, *Lilo & Stitch*, *Les Croods*, *Avengers* et bien d'autres).

Francis Cabrel Auteur, compositeur et interprète français né en 1953. Il a vendu plus de 25 millions d'albums sur plusieurs décennies, enregistrant des titres à succès comme *L'encre de tes yeux*, *Petite Marie*, *Je l'aime à mourir* et *Sarbacane.*

Friends Série télé diffusée de 1994 à 2004, qui mettait en scène les amours et les amitiés de trois jeunes femmes et de trois jeunes hommes habitant New York et se retrouvant souvent dans le même café.

Game Boy Console de jeux vidéo portable conçue par Nintendo en 1989. Sa taille pratique, son prix accessible et son catalogue de jeux variés compensaient ses graphiques minimalistes. C'est sur cette console qu'a été lancé en 1996 le premier jeu vidéo mettant en vedette des Pokémon.

**GoldenEye** Dix-septième film de la franchise *James Bond*, le premier avec l'acteur Pierce Brosnan dans le rôle-titre. Dans ce film de 1995, James Bond conduit un cabriolet BMW Z3.

**Indiglo** Collection de montres du fabricant Timex en vogue au milieu des années 1990. Au moyen d'un petit bouton, le cadran s'allumait dans le noir (couleur bleu-vert indigo, d'où le nom Indiglo). La technologie électroluminescente fut reproduite à compter de 1995 par la compagnie Casio.

**It's a Small World** Hymne à la fraternité universelle composé par Richard et Robert Sherman. C'est la chanson thème d'une attraction conçue par Walt Disney pour l'Unicef à l'occasion de la foire universelle de New York en 1964. Cette croisière au milieu de poupées imaginées par Mary Blair connut un tel succès qu'elle fut ensuite transportée à Disneyland, en Californie. Une autre version sera ensuite créée pour le Magic Kingdom (1971) avec 472 audioanimatroniques. Les frères Sherman ont aussi composé les chansons des films *Mary Poppins*, *The Jungle Book*, *The Aristocats* et *Winnie the Pooh*, entre autres réalisations.

Jacques Villeneuve Pilote automobile québécois. En 1996, dès son premier Grand Prix de formule 1, il a décroché la *pole position* sur la grille de départ et terminé cette course en deuxième position. Quatre triomphes subséquents lui ont permis de terminer la saison vice-champion. L'année suivante, il a rivalisé avec Michael Schumacher jusqu'au dernier Grand Prix de la saison et remporté de justesse le titre de champion du monde.

**Jean-Jacques Goldman** Auteur-compositeur-interprète français né en 1951. Au cours des années 1980 et 1990, des titres comme *Au bout de mes rêves*, *Quand la musique est bonne*, *La vie par procuration* ou *Je te donne* lui ont permis d'accéder à la célébrité, et il a rempli des stades de fans en délire. De 1990 à 1995, il a fait partie du trio Fredericks Goldman Jones avec le Franco-Gallois Michael Jones et l'Américaine Carole Fredericks, avant de reprendre sa carrière en solo. Au total, il a vendu plus de 30 millions de disques. *Pas toi*, le titre évoqué par la mère de Lili-Rose, se trouve sur l'album *Non homologué* (1985) et s'est classé 5e du top 50 en France.

**Jim Carrey** Acteur canadien né en 1962. Il s'est fait connaître grâce à son humour gestuel et à ses nombreuses grimaces dans des films tels que *The Mask*, *Ace Ventura: Détective pour chiens et chats* et *Dumb and Dumber*, tous trois sortis au cinéma en 1994.

**John Williams** Né en 1932, il a composé la musique symphonique des films *Les dents de la mer*, *Star Wars*, *Indiana Jones*, *Superman*, *E.T.*, *Harry Potter*, *Jurassic Park*, *Il faut sauver le soldat Ryan*, *La liste de Schindler* et bien d'autres. Il a remporté plusieurs Oscars, Golden Globes et prix Grammy au cours de sa carrière. En fait, il est la personne la plus souvent mise en nomination par l'Académie du cinéma après Walt Disney.

**Jurassic Park** Film réalisé par Steven Spielberg en 1993, d'après le roman de Michael Crichton. Ses images de synthèse et ses prouesses techniques ont été récompensées de trois Oscars. Le film a suscité un tel engouement qu'il a renouvelé l'intérêt du grand public pour la paléontologie. Une suite, *Le monde perdu*, aussi basée sur un roman de Crichton, est sortie sur les écrans en 1997. D'autres films se sont ensuite ajoutés à cette franchise.

La Fête à la maison Série diffusée de 1987 à 1995, racontant les tribulations d'un père de famille qui vient de perdre sa femme dans un accident et qui emménage dans une maison de San Francisco avec son meilleur ami et son beau-frère pour y élever ses trois filles. Les actrices incarnant les fillettes ont grandi au petit écran, tout comme leurs personnages. Le dernier épisode a été vu par plus de 24 millions de téléspectateurs. Une suite, *La Fête à la maison : 20 ans après*, est diffusée depuis 2016 et met en scène les mêmes acteurs.

Les Simpson Dessin animé parodiant la société américaine à travers les yeux d'une famille de la classe moyenne à la peau jaune. Diffusé sur le réseau Fox depuis 1989, le *Time Magazine* l'a désigné meilleure série télé du XXe siècle.

Lit d'eau Populaires dans les années 1980, les matelas remplis d'eau ont perdu la cote dans les années 1990. Ils perçaient souvent par accident et répandaient des litres d'eau dans la chambre où ils étaient installés. De plus, ils coûtaient cher en électricité (il fallait chauffer cette eau pour plus de confort).

Magic Kingdom Parc à thème inauguré à Orlando en 1971, sur le modèle de Disneyland en Californie. Il est divisé en plusieurs « pays » : Main Street, USA (incluant la gare de train et Town Square), Fantasyland (incluant le château de Cendrillon), Adventureland, Frontierland, Liberty Square et Tomorrowland. En 1988 s'ajouta Mickey's Birthdayland. Cette zone fut par la suite sacrifiée pour permettre l'agrandissement de Fantasyland. Magic Kingdom est le parc à thème le plus fréquenté au monde. En 1998, il accueillait plus de quinze millions de visiteurs. De nos jours, en moyenne, plus de vingt millions de personnes par année franchissent ses tourniquets.

**Matilda** Film américain sorti en 1996, d'après le roman de Roald Dahl. Il raconte l'histoire d'une brillante fillette (Mara Wilson) qui aime lire et s'instruire, mais dont la soif de connaissance est freinée par sa directrice d'école (qui déteste les enfants) et par ses parents, indifférents à son intelligence.

**Netscape** Principal navigateur Web au milieu des années 1990. Il a graduellement cessé d'être utilisé avec la montée en popularité d'Internet Explorer. Le logiciel était disponible sur les plateformes Windows, Unix et Mac OS.

**Radio Enfer** Comédie de situation québécoise, diffusée de 1995 à 2001. Elle présentait les mésaventures des jeunes impliqués dans la radio étudiante d'une école secondaire.

**Ren et Stimpy** Série d'animation de Nickelodeon racontant les aventures d'un chihuahua émotionnellement instable et d'un chat plutôt aimable. L'émission était critiquée pour sa violence visuelle et ses blagues sexuelles. Originalement diffusée de 1991 à 1995.

**Saturn** Division automobile de General Motors. Elle proposait des modèles économiques dans l'espoir de rivaliser avec les voitures japonaises, alors en grande demande. La marque lancée en 1989 a disparu en 2010.

**Sonneries différentes** À mesure que la technologie se développait, les compagnies téléphoniques se sont mises à offrir de nouvelles fonctions à leurs abonnés, telles que l'affichage, la mise en attente et des sonneries variées, programmées selon le numéro de l'appelant.

**Spice Girls** Ce groupe pop, formé à Londres en 1994, a vendu plus de 100 millions de disques partout dans le monde. Les cinq chanteuses aux noms de scène et aux déguisements distinctifs (Baby Spice, Sporty Spice, Posh Spice, Scary Spice et Ginger Spice) incarnaient le « *Girl Power* », un message de prise de pouvoir féminin : « Affirme-toi ! Sois toi-même ! »

**Super Mario 64** Jeu vidéo offert lors du lancement de la console Nintendo 64. Pour la première fois, les joueurs profitaient d'un 3D en temps réel leur permettant une liberté totale de mouvement (plutôt que de voir des images défiler en 2D, de la droite vers la gauche de l'écran). *Super Mario 64* est le jeu le plus vendu de l'histoire de Nintendo (environ 12 millions de copies).

**Téléphone sans fil** Fini, les téléphones reliés au mur par un cordon ! Les téléphones sans fil se branchaient sur un socle de recharge et, une fois leur batterie pleine, il était possible de les emporter d'une pièce à l'autre. Tout un progrès ! Mais leur portée n'était pas très grande, il ne fallait guère s'éloigner de la maison. Et comme l'accès à Internet utilisait la ligne téléphonique, cela créait à l'occasion des conflits. Téléphoner ou naviguer ? On ne pouvait pas faire l'un et l'autre en même temps.

Tetris Jeu de blocs colorés et de formes variées qui s'empilent à une vitesse grandissante. Conçu en 1984, ce jeu accompagnait à son lancement la console Game Boy de Nintendo. Tous ceux qui y ont joué se rappellent la musique qui l'accompagnait.

Tim Allen Acteur américain connu notamment pour son rôle dans *Super Noël* (Disney, 1994) et pour avoir prêté sa voix à Buzz l'Éclair dans *Toy Story*, le premier film entièrement réalisé par ordinateur (Pixar, 1995).

**Totoro** Dans son film d'animation de 1988 *Mon voisin Totoro*, le réalisateur japonais Hayao Miyazaki illustrait la vie de deux sœurs qui déménagent à la campagne avec leur père pour se rapprocher de l'hôpital où séjourne leur mère. Dans la forêt voisine, les fillettes font la rencontre de Totoro, une créature mythique de la taille d'un ours. Totoro est encore très populaire au Japon. En plus d'être l'emblème du studio Ghibli, un astéroïde découvert en 1994 porte son nom. En guise d'hommage, il apparaît sous la forme d'une peluche dans le film *Toy Story 3* (2010).

Tu as aimé *Mam'zelle Lili-Rose*?
Tu aimeras aussi *Le journal de Dylane*!

Découvre quelques pages du tome 1
*Granita à la framboise bleue.*

# AOÛT

« J'ai encore TREIZE ans.
Mon anniversaire est seulement
dans SEPT semaines.

Les cours commencent
dans moins d'UN mois !

Et en plus,
j'ai DEUX horribles boutons
qui sont apparus sur mon menton,
ce matin !!

**BON SANG**, il va me falloir
une granita à la framboise bleue
pour oublier tout ça !!! »

# Mardi 5 août

~ 15 h 32 ~

Colin est un parfait crétin !!

Me battre au basketball ne fait pas de lui le gars le plus cool du monde, que je sache. Encore moins le plus brillant. Pourtant, on l'aurait cru, à voir sa réaction lorsqu'il a réussi son dernier panier. Je le revois encore sauter comme un chien fou autour de moi. NON, je ne suis pas mauvaise perdante ! Sauf qu'il exagère toujours, Colin. Comme la fois où il a gagné un jeu Xbox en participant à un concours à la radio. Il s'énervait tellement que son père s'est fâché et l'a puni. J'ai été obligée de retourner chez moi et on n'a même pas pu l'essayer, ce fameux jeu ! De toute façon, le disque était rayé et finalement il n'a jamais fonctionné sur sa vieille console, mais ça, c'est un détail.

Vraiment, Colin est troooop mauvais gagnant. Il faut toujours qu'il essaie d'en mettre plein la vue, qu'il se vante sans se soucier de celui qui vient de perdre. Moi, en l'occurrence…

Par exemple :

Quand il ramasse toutes mes maisons au Monopoly, il crie tellement fort que je dois lui dire de baisser le ton pour que mes frères ne se plaignent pas à mon père du bruit qu'on fait. Colin prétend qu'en réalité je n'accepte pas de perdre et ça passe encore sur mon dos ! Mais c'est tout à fait faux, comme je le disais tout à l'heure ! Cependant, si c'est LUI qui perd, alors là, on ne peut rien dire, car MONSIEUR se met en colère. Il lui est même arrivé de se choquer au point de faire un trou dans un mur en lançant son ballon… Pour camoufler sa gaffe, il a poussé son bureau devant le trou et ses parents l'ont félicité d'avoir fait un peu de ménage dans sa chambre. Pff… Ils n'y ont vu que du feu.

Bref, pas plus tard que ce midi, Colin m'a de nouveau fait enrager ! Si seulement j'avais pu marquer ce fichu dernier point ! Il aurait été moins fier… Peu importe. On s'est laissés sur sa victoire (écrasante, selon ses dires) et ma défaite (humiliante, selon les miens…). J'avais trop faim et, de toute manière, j'attendais l'appel de ma cousine. Mirabelle doit venir passer le week-end chez moi et je suis super contente de la voir ! Elle habite à plus de deux heures de route, alors on ne passe pas beaucoup de temps ensemble. On se parle un peu sur Skype (sauf que je hais ça, Skype, parce que c'est toujours dans ces moments-là que je constate que je ne suis pas télégénique).

C'est vrai, quoi ! J'essaie de me concentrer sur la conversation, mais je passe mon temps à fixer mon double menton ou les cernes autour de mes yeux ! En réalité, je n'ai JAMAIS eu de double menton, sauf quand je vais sur Skype ! C'est l'effet de la caméra, j'imagine. Il faudrait avoir un éclairage spécial, quand on va là-dessus. Ma cousine, elle, est hyper télégénique ! En face d'elle, j'ai l'air encore plus fou à l'écran. J'ai même pensé à me maquiller avant d'ouvrir Skype, mais Mirabelle ne me reconnaîtrait peut-être pas, étant donné que je ne me maquille jamais. Et puis je ne sais même pas comment faire…

J'aimerais demander conseil à ma mère, mais elle ne vit plus avec nous. Elle a déménagé à New York il y a deux ans, après avoir obtenu un emploi dans une grande firme d'avocats. C'est un poste vraiment génial, qui lui rapporte beaucoup d'argent (elle est riche, quoi !). Par contre, elle est si loin de mes frères et moi que j'aimerais mille fois mieux qu'elle soit pauvre ET près de nous… Mon père et elle ont une relation un peu bizarre. Je ne sais pas trop s'ils sont séparés ou non. Quand elle revient à la maison, ils font comme si tout allait bien, mais quand elle repart là-bas, ils peuvent passer des mois sans se voir.

Bon, je m'éparpille, car ce que je voulais dire, c'est surtout que ma cousine Mirabelle doit venir passer une semaine COMPLÈTE chez moi ! On va faire des tas de trucs que font les filles quand elles sont ensemble. Ce qui est plutôt loin de mes habitudes, étant donné que je passe mon temps avec mes grands frères, Sébastien, Frédéric et Antony (qui ont respectivement quinze, dix-sept et dix-neuf ans), mon père (qui n'organise JAMAIS de soirée réservée aux filles, puisque je serais la seule à y participer…) et Colin (mon ami et presque voisin, dont la maison est au bout de la rue). Donc, que des garçons ! C'est vrai que je me sens plus à l'aise avec les garçons, en général, et qu'ils forment la majorité de mes amis, mais ça fait du bien de papoter un peu avec Mirabelle, car on peut parler de trucs de filles, comme le maquillage, les cheveux et la mode…

Avec Colin, on discute surtout des résultats sportifs, on fait des blagues idiotes et on s'entraîne. Moi, je joue au tennis et Colin, c'est le foot qui l'intéresse. J'ai bien essayé de me faire des amies parmi les filles de ma classe, mais je les trouve un peu idiotes. Elles gloussent dès qu'un gars les regarde. Elles jacassent toujours dans le dos des autres et elles mangent à peine leur repas, à la cafétéria. Si je mangeais avec elles (je sais, j'ai déjà essayé : désastre total !), je me ferais regarder de travers en dévorant mon bol de spaghettis ou mon reste de pâté chinois*. Je vous donne un exemple d'une conversation entre Ariane (une fille de ma classe) et moi, pendant un repas, l'année dernière :

**Ariane :** C'est plein de féculents, ça. Tu le sais, hein ? Et ça finit toujours par descendre dans les fesses. Tu devrais peut-être faire attention à ce que tu manges…

**Moi :** Ben, j'ai un entraînement après l'école. Faut pas que je tombe d'inanition.

**Ariane :** D'ina-quoi ? En tout cas, une salade, ça fait parfaitement l'affaire. Regarde la mienne… En plus j'y ai mis des graines de chia.

**Moi :** Des graines de chia ?! Tu te moques de moi ??? C'est quoi, ces

* **Pâté chinois** – Plat typique du Québec composé d'une couche de bœuf haché, d'une couche de maïs et d'une couche de purée de pommes de terre superposées, à la façon d'un hachis parmentier.

truc? Et ça s'appelle vraiment comme ça? De toute façon, j'aime pas ça, la salade! Ça n'a aucun goût et ça devient tout mou quand on l'apporte à l'école.

**Ariane :** C'est parce que tu mets ta vinaigrette trop tôt. En tout cas, moi, je ne veux pas avoir de trop grosses joues, ou pire, un double menton... C'est tout... Qu'est-ce que vous en pensez, les filles?

Là, les autres qui étaient assises à notre table ont toutes hoché la tête. Je savais qu'Ariane parlait de MES joues, parce que j'ai encore mon gras de bébé, et évidemment, il y a mon double menton! Je pensais que personne ne l'avait remarqué. Ce soir-là, en m'entraînant avec Colin, je lui ai demandé s'il me trouvait trop grosse et il m'a dit:

**Colin :** Tu as mangé avec la bande à Ariane, aujourd'hui, hein? Viens donc manger avec moi, demain, on en profitera pour aller jouer au foot dans la salle de gym. Ces filles-là sont tellement superficielles. Laisse-les faire.

Bon, ça m'a fait du bien de voir que Colin les trouvait superficielles, mais, en même temps, j'ai surtout noté qu'il ne m'avait pas répondu à propos de mon double menton… Alors je me suis entraînée encore plus dur et j'en suis sortie avec sûrement 400 g de moins. Exit le double menton !

Donc, j'attends le coup de fil de Mirabelle… Elle doit appeler d'une minute à l'autre. Mais je commence sérieusement à trouver ça long. Je pense que je vais aller regarder un peu la télé, pour passer le temps.

~ 18 h 45 ~

Je sais pourquoi Mirabelle n'a pas pu appeler ! C'est parce que mon imbécile de frère était au téléphone tout ce temps-là ! Ma cousine n'arrêtait pas de composer notre numéro et c'était TOUJOURS occupé ! Je passe mon temps à dire à mon père qu'on devrait avoir une double ligne téléphonique à la maison (ou, mieux encore, que je devrais avoir un téléphone portable comme Antony, mon frère aîné !), mais il ne veut pas. Il dit qu'Anto l'a payé avec son propre argent et que, de toute manière, pour le nombre de fois où j'utilise le téléphone, c'est inutile. Je lui ai rappelé que je parlais TOUS les jours à Colin, mais mon père m'a répondu que, puisque Colin habite au coin de la rue, je n'avais qu'à aller le voir, au lieu de l'appeler. C'est n'importe quoi ! Si je vais le voir et qu'il n'est pas là, je me serai déplacée pour rien. Mon père ne comprend pas ça. C'est hyper difficile d'avoir une conversation efficace avec lui, en plus !

Résumé d'une conversation entre mon père et moi :

**Moi :** Papa, si je dois sortir juste pour demander à Colin s'il est prêt pour aller s'entraîner, je vais perdre du temps. Et le temps, c'est de l'argent.

**Mon père :** Tu parles comme ta mère, Dylane. À ton âge, ce n'est pas utile d'avoir un cellulaire*. Tu as deux jambes, alors utilise-les !

**Moi :** J'ai TREIZE ans ! TOUTES les filles de ma classe en ont déjà un ! Je suis la seule à ne pas en avoir. On dirait qu'on vit au vingtième siècle et on passe pour des pauvres. Tu t'en rends compte, papa, j'espère, qu'on a l'air de vrais pauvres, là !

* **Cellulaire (cell)** – Téléphone portable.

MON PÈRE : L'important, ce n'est pas ce dont on a l'air, mais ce qu'on est réellement. L'argent ne rend pas plus heureux. Tes amis qui ont des cellulaires, est-ce qu'ils sont plus heureux ?

Je n'ai pas répondu et j'ai réfléchi quelques secondes… C'est vrai que mes copines ont quand même des problèmes ultras importants et que l'argent ne peut pas les aider. Par exemple, Angelica est vraiment nulle à l'école et, à moins de payer quelqu'un pour faire ses examens à sa place, son argent ne résoudra pas ses problèmes. Et ce n'est pas l'argent d'Ariane qui va la rendre plus maigre… Donc, mon père a peut-être raison en ce qui concerne le bonheur, mais l'argent, ça sert quand même à des tas de trucs. Puisque papa est borné, je vais demander à ma mère de me payer un cellulaire. Comme elle est riche, elle va sûrement dire oui. En plus, ça va nous permettre de nous parler plus facilement que sur Skype, où je vois mon double menton, ce qui me rend complexée. Je suis certaine que ma mère ne veut pas que sa fille soit complexée…

Après avoir crié après mon frère qui ne voulait pas raccrocher, j'ai enfin pu avoir accès à la ligne téléphonique. Depuis qu'Antony a une blonde*, il passe toutes ses journées à lui murmurer des mots doux au téléphone. Il pourrait utiliser son cellulaire, lui ! Mais il dit que ça lui coûte cher et qu'il aime mieux prendre celui de la maison. Il n'utilise son cell que lorsqu'il sort. Il est ridicule. Parfois, Colin et moi on se cache dans le couloir et on écoute Anto susurrer ses « je t'aime » et ses « tu es belle… » à sa blonde. À certains moments, il lui dit plutôt « j'ai envie de toi » et là, Colin et moi on se pousse, parce que ça nous écœure un peu de l'entendre parler de sexe. C'est quand même mon frère ! En plus, ça nous gêne et, après, on rigole sans savoir quoi se dire.

Donc, Mirabelle commençait à s'impatienter de ne pouvoir me joindre. Quand je lui ai expliqué pourquoi la ligne était occupée, elle m'a suggéré de m'acheter un cellulaire. J'ai soupiré sans rien ajouter (comme si je ne le savais pas !). Elle m'a ensuite confirmé son arrivée chez nous pour samedi prochain ! J'ai si hâte de la revoir ! Elle passera la semaine chez moi, alors elle va avoir beauuuucoup de bagages et il faudra aller la chercher à la gare d'autocars de Montréal.

* **Blonde** – Petite amie, amoureuse.

Oh… on sonne à la porte. Je reviens…

~ 19 h 22 ~

C'était Colin et il a apporté des granitas (à mon goût préféré, la framboise bleue ! Ce qui me fait penser que j'ai lu quelque part que chaque parfum de granita dévoilait un côté de notre personnalité. Il faut absolument que je retrouve l'article…). Je pense qu'il voulait s'excuser de son attitude d'aujourd'hui. Colin a bien des défauts, mais, une chose est certaine, il n'a pas peur de demander pardon. Il a beau être parfois un parfait crétin, il est aussi mon meilleur ami, et ce n'est pas pour rien…

Je te laisse. J'ai une granita à manger !

# Jeudi 7 août

~ 21 h 46 ~

Ce soir, j'étais chez Colin. Je revenais de mon entraînement de tennis et, comme je passe devant sa maison quand je descends du bus, j'en ai profité pour frapper à sa porte. C'est parce qu'il est tombé malade mercredi, et depuis, je ne l'ai pas vu. Pas que je m'ennuyais ! C'est juste que, sans mon coéquipier d'entraînement, je trouve les journées assez longues… Non, en fait, je commençais réellement à m'ennuyer…

Donc, il était encore un peu amoché, mais, comme il croit qu'il n'est plus contagieux (je vais revenir sur sa maladie plus tard), il m'a laissée entrer. Sa mère avait pris congé pour rester avec lui et elle m'a saluée gentiment. Elle est vraiment gentille, sa maman. En plus, elle a un super beau nom pour une mère. La mienne, elle s'appelle Caroline, ce qui est dans la norme, je trouve. Ce n'est ni trop vieux ni trop jeune. Juste correct. Mais celle de Colin s'appelle Kristel. Avec un K, en plus ! C'est cool, Kristel, et j'aime le répéter à plusieurs reprises. D'ailleurs, ça m'a déjà occasionné certaines situations gênantes. Comme aujourd'hui :

**Moi** : Bonjour, Kristel, vous allez bien... Kristel ?

**Kristel** : Bien sûr, Dylane. Et toi ? Toujours concentrée sur tes entraînements de tennis ?

**Moi** : Oui, Kristel. Je reviens justement de là.

Petit silence entre nous deux...

**Moi** : Donc, Kristel, vous êtes en train de préparer le dîner ? Ça sent bon... Kristel...

**Colin** : OK, ça suffit, Dylane ! Arrête de répéter le nom de ma mère.

**Moi** (plutôt insultée) : Ben voyons, je répétais pas le nom Kristel. Je parlais à ta... à Kristel, c'est tout ! T'es **BÊTE** !

**Kristel :** En tout cas… heureuse de t'avoir revue, Dylane…

Et là, Colin m'a tirée vers sa chambre sans me laisser le temps de me défendre davantage. J'ai eu l'air d'une idiote. Je voulais bouder un peu, mais, étant donné qu'il faisait vraiment pitié, avec tous ses boutons sur son visage, j'ai laissé tomber cette idée. Ah, d'ailleurs, les boutons, c'est parce que Colin a attrapé une maladie de bébé ! Oui, il a la varicelle !

Ça devrait être interdit quand on a treize ans. Parce qu'un bouton, qu'il soit causé par la varicelle ou par nos hormones d'adolescents, ça reste un bouton. Bref, Colin a juste l'air d'avoir une poussée d'hormones ! Mais quand même, il peut invoquer la varicelle comme excuse, alors que moi, avec mes DEUX boutons au menton, je ne peux pas me justifier par une maladie quelconque ! OUI ! Deux boutons !! Moi qui n'ai JAMAIS de boutons ! En voilà maintenant deux qui pointent fièrement juste sur le bout de mon menton. Si on était en hiver, je pourrais les cacher avec un foulard ou un col roulé. Mais en plein été, c'est beaucoup plus difficile…

Évidemment, Colin s'est fait un plaisir de les remarquer !

**Colin :** Tu as quelque chose sur le menton. On dirait de la sauce tomate...

**Moi :** Je le sais bien ! J'ai DEUX boutons ! Je comprends pas pourquoi ils ont poussé aujourd'hui !

**Colin :** Ben voyons ! Estime-toi heureuse de ne pas en avoir autant que moi...

**Moi :** Mais toi, c'est normal, tu as la varicelle !

**Colin :** Personne ne va les remarquer.

**Moi :** Toi, tu les as vus tout de suite !

**Colin :** C'est parce que je suis hyper observateur. Et en plus, je te connais très bien et je sais que tu n'as pas de taches rouges sur le menton, d'habitude.

**Moi** : Hum... Donc... si je suis ton raisonnement, il faudrait que je fasse semblant que j'ai toujours ces deux taches rouges pour que les gens n'y voient que du feu ?

**Colin** : (Il hausse les épaules, to-tale-ment indifférent au drame que je vis !)

**Moi** : Est-ce que je pourrais t'emprunter de la calamine ?

**Colin** : Pourquoi ?

**Moi** : Parce que je pourrais faire croire aux gens que je croise que, moi aussi, j'ai la varicelle !

Il m'a fait signe de me servir du petit tube qui traînait sur son bureau. Pendant que Colin s'amusait à lancer son ballon dans le panier, accroché à sa porte, je me suis étalé une généreuse couche de crème (elle est rose, la crème !) sur le menton. Après, je n'étais pas super contente du résultat, mais, au moins, personne ne pouvait savoir que j'avais deux VRAIS boutons.

# Août

Maintenant que je suis revenue chez moi et que je m'observe dans le miroir, je trouve que mes boutons ont vraiment une drôle de forme. Ils sont boursouflés et un peu mous. Quand j'appuie dessus, ça fait mal. J'ai envie de les faire exploser, sauf que mon frère Antony, qui s'y connaît vraiment en la matière, m'a recommandé de ne jamais faire ça ! Il m'a conseillé un traitement pour que ça parte le plus vite possible. Mes deux autres frères, Sébastien et Frédéric, sont chanceux, eux, car ils n'ont quasiment jamais de boutons !

En fouillant dans la pharmacie de la salle de bain, j'ai trouvé une vieille crème censée guérir l'acné. Je viens d'en mettre par-dessus la calamine. Ça va peut-être doubler les effets…

On verra bien de quoi j'aurai l'air, demain matin.

À suivre...

Dylane ignore tout du « monde des filles » et ça l'arrange bien. Mais lorsque sa cousine débarque pour bouleverser sa vie et son amitié avec son meilleur ami, rien ne va plus !